U0460475

有点甜
西柚
系列
Grapefruit
02

Hey

嘿，我有点儿喜欢你

I kind of like you

戚悦/著

贵州出版集团
贵州人民出版社

图书在版编目（CIP）数据

嘿，我有点儿喜欢你 / 戚悦著. -- 贵阳 : 贵州人民出版社, 2017.5（2020.3重印）

ISBN 978-7-221-14109-5

Ⅰ. ①嘿… Ⅱ. ①戚… Ⅲ. ①长篇小说－中国－当代 Ⅳ. ①I247.5

中国版本图书馆CIP数据核字(2017)第096249号

嘿，我有点儿喜欢你

戚悦 著

出 版 人：苏　桦

出版统筹：陈继光

选题策划：大鱼文化

责任编辑：黄蕙心

特约编辑：周丽萍

装帧设计：Insect

封面绘制：夏　月

出版发行：贵州人民出版社（贵阳市观山湖区会展东路SOHO办公区A座 邮编：550081）

印　　刷：三河市华东印刷有限公司

开　　本：880×1230毫米 1/32

字　　数：237千字

印　　张：8

版　　次：2017年6月第1版

印　　次：2017年6月第1次印刷

2020年3月第2次印刷

书　　号：ISBN 978-7-221-14109-5

定　　价：42.00元

Catalog

目录

Catalog

目录

第一章
男神老师，自重！

Hey, I kind of like you

“苏、苏远……你怎么能、怎么能这么对我？”

“我不是医生，找我没用，有病要记得及时治疗，我大哥是医生，需要我帮你介绍吗？给你打99折。”

“你明明说过爱我的……”女生开始低声啜泣。

“是你有病，有幻听幻想的症状，不是我有健忘症。我的记忆力很好，我还记得隔两栋教学楼的第四教室那里有面仪容镜，建议你先去好好照照自己。”

“可我是真的喜欢你啊！”

“看来你是没喝过鸡汤，没有听过一句话：你喜欢我是你的事，来骚扰我，就是你的不对了。”

小路转角的树丛发出轻微的沙沙响动，在这个偏僻的角落，仔细一看，便会发现其中竟然蹲了一个扎着马尾辫、面容精致可爱的少女。

楼简是绝不会承认，这是因为她可耻的八卦心作祟，所以才偷偷藏在这里听墙角呢，只是迷路刚好走到这里来而已，对，只是迷路！

“苏远！苏远！”女生声音凄厉，刚刚那个冷漠的男声却听不见了，显然已经离开。

这么欺负人，也太渣了吧？就算是不喜欢，说话何必这样刻薄，好好拒绝就可以了啊。楼简只觉得，这个时候就应该出现一个勇斗渣男的小战士，将那个渣男一拳撂倒。彼时的楼简尚不知道自己的这一中二圣母的小小举动之后会产生多大的蝴蝶效应，几乎改变了她今后生活的所有轨迹。

楼简从绿化带里露出半张脸，看到那个弱弱的女生蹲在地上，脸上带着泪痕望向小路的尽头。她顺着女生的目光望过去，看到一个高大的背影，应该就是刚刚那个渣男没错。

楼简想了想，还是走了过去拍拍女生的肩膀，安慰道："等我过去给你报仇！"

语毕，她以百米冲刺的速度来到那个渣男的身后，叫他："前面那位同学，等一等！"

渣男闻声，回过头来，那张脸，颜值相当不错，不过，也正因为如此，才会面对别人的爱意有恃无恐，甚至狠狠地践踏在脚下吧。

楼简没等面前的人反应过来，直接抡起书包砸在了他的脸上："大渣男，这是你应得的！"

一击即中，然后楼简几乎没有在现场逗留，一溜烟地离开肇事地点。当然要趁着当事人被打蒙的时候赶紧跑，也不看看两个人的体型差距，恋战的话她绝对吃亏，稍微伸张一下正义就差不多了，要是把自己也搭进去，就太不值得了。

楼简，十九岁，A省师大的伪大一新生，至于为什么说是伪……这可真是一段可歌可泣的血泪史，这件事的罪魁祸首其实是她没大脑的双胞胎姐姐楼繁。

楼简有理由认为楼繁念书念傻了——好不容易考上了A省师大，竟然在报名前两天，这个关键的时刻，和心爱的人玩私奔！

什么鬼！私奔！身为一个小小的宅女单身汪，楼简从来没有想过这两个字会出现在自己的字典里。

在随之的紧急家庭会议中，那对不靠谱的爸妈想出了一个更不靠谱的对策，那就是让同卵双胞胎的楼简代替楼繁先到学校报到。

开什么玩笑！自己明明是大学渣一个，念高中时也把大多数的时间都用在了画室里，现在让她代替学霸老姐去上大学？

“简简，你一定要帮你姐姐这一回啊！”

“简简，你们可是亲姐妹啊。”

“我们很快就会把小繁找回来，说不定……你就只是去报个到。”

“简简，事情办成之后，新帝的数位屏款式任你挑选！”

然后楼简就心软了，念及姐妹之情以及数位屏的份上，她不情不愿地答应了父母的建议。

只是楼简万万没想到，大学确实就是个小社会，社会等于大染缸，大学就是个小染缸了，这染来染去的结果，就是她第一天来学校报到，就遇到了这么一件极品的事情。

因为爸妈抓紧时间去找楼繁，所以楼简便自己一个人来到W市报到，常年死宅的她毫不意外地在偌大的校园中迷了路。

不过，再迷路也只是个学校，快傍晚的时候，楼简终于报了到，找到了自己的宿舍。虽然她交了住宿费，却并不准备在学校里住宿。

因为楼简还有属于自己的事业，她从高中便开始画漫画，偶尔也会画一些插画来赚取稿费，到高三毕业，她已经得到了父母的允许，专心画画。

说到这里，她还是很感谢父母的放养方式，至少让她有了更多的时间做自己喜欢的事情。现在的她虽然还默默无名，但已经给一些杂志供稿，养活自己完全不成问题。

但楼简的志向远不仅于此，随着国内动漫产业日渐升温，被人所重视，她更明确了自己的目标——出版自己的连载漫画，如果可以，能够动画化、真人化那就更好不过了。

就算是帮忙代替楼繁上学，她也不可能停止绘画，为了拥有一个良好的绘画环境，以及不被人发觉异样，她已经在邻近学校的地方租好了一个小房子。

相比上课，楼简倒是更愿意参加为期半个月的军训，虽然皮肤黑了，累得胳膊和腿都不是自己的了，但劳苦的总是她的身体，比起上课折磨她的心灵可是好得太多了。

即使很害怕，可是该来的，她还是躲不过，因此楼简只能认命地乖乖去上课。

都说大学是选修课必逃，必修课选逃，但很显然，这句话只适合大三之后的老油条们，初入校园的大一新生，就算是再顽劣，也没有几个人敢在刚开学就逃课的。

楼简闷闷不乐地趴在桌子上，一个上午的课程听得她昏昏欲睡。幸好楼繁是学文科的，竖起耳朵听一听，总还是能懂一点的，要是理科的话，楼简选择死亡。

经过了愉快的午餐休息时间，下午的课程，又开始了。好在下午是两节大课，人比较多，楼简决定藏在后面偷偷地做自己的事。

第二节思修课，楼简几乎要沉醉在自己的漫画大纲中，手里行云流水地画着草稿，只听到一旁的余薇薇叫她。为期半个月的军训，两个人已经建立起了深厚友谊，余薇薇轻轻扯了一下她的衣角："你该不会连苏远的思想政治课也走神吧？"

"唔，怎么了？从小到大最能走神的课，思想品德难道不是首选吗？"楼简不解地眨眨大眼。

"什么课不是关键，关键是苏老师啊！"余薇薇朝楼简挑挑眉，得意地说，"一看你就是不了解情况的，我是师大附属中学上来的，高中时候就听过关于苏远的传说了。他二十岁的时候就得到了硕士学位，其实还能继续念下去，但他并不屑于死读书，主要是他本来就是个富二代，不用努力就已经赢在起跑线上了，更何况他本身也三高——智商高、个子高、收入高，最最最重要的是——颜值高。”

楼简嘴角抽了抽，心想，其实你说这么一长串话，重点只有最后那一句吧！

楼简了然地点点头，原来这个老师是标准的小说男主设定，不是那种地中海老头，难怪会勾起这些女孩子的少女心。不过苏远……这个名字怎么好像有点熟悉？

“来了来了。”余薇薇在看到门口那个高大身影的时候，兴奋地叫出声来。

楼简来了兴趣，她倒要看看，究竟是什么样的人，能让这么多人都闪烁着一双桃心眼，殷切地期盼着。

就在门外那个手拿讲义、穿着白色衬衫都显出翩翩风度的人走进教室之后，楼简觉得简直是晴天霹雳，五雷轰顶！她终于知道自己是在哪儿听到过苏远这个名字的了。

半个月前，她刚来报名的时候！那个被她一击KO的渣男！

怎么回事，渣男居然不是学生而是老师！虽然她从小都向往成为漫威故事里的某个英雄人物，但是她也从来没有想过自己会干出殴打老师这么严重违纪的事情啊。

楼简吞了吞口水，努力再努力地俯低自己的身体，最后彻底趴在了桌子上，尽量用前方的同学掩护自己，还嘴里默念着：“看不到我，看不到我，看不到我。”

好像这句话真的是个隐身口诀一般，反复念几次，就真的会在苏远的眼皮子底下消失。

余薇薇也懒得管神经兮兮的楼简，赶忙做出认真听课的好学生模样，眼睛一眨不眨地盯着黑板，实则是在光明正大地看着他们的思修男神。

“同学们好，初次见面。我叫苏远，以后就是大家思修课的老师。我有一个很简单的名字，当然，我也是个很简单的人，但你们可千万记住，不要被我仁慈的外表所蒙蔽。如果在我手里犯了错，那可就不要怪我不留情面，我这个人……可是非常心狠手辣的！”

楼简从前方同学的缝隙中偷看苏远，不知道是不是做了亏心事的关系，苏远一句玩笑的“心狠手辣”，她总觉得是咬着后槽牙对自己说的。

苏远开始讲课。

楼简因为精神高度集中，以防苏远朝这边看过来，以至于无法分身做别的事，然后竟然听进了苏远讲的课。

凭良心说，苏远教的这门课，原本应该是枯燥乏味的，但可能他与这些学生的年纪相差得并不大，同时因为对讲课内容的熟悉度很高，融会贯通，将一个个知识的难点要点都糅合在了事实事例中，所以这一节课好像只是在聊天中度过，却让他们在说笑中记住了不少东西。

看来苏远确实不止空有男神的架子，也不是个草包，连楼简这个学渣都感觉出了他是个很会教书的老师。

“倒数第二排，那个听得很认真的女同学，来谈谈考上大学之后，你有什么样的想法？”

苏远靠在讲台边，一只手的手肘支撑在讲台的侧沿，整个人的重心都在一只脚上，唇角微微勾起，笑起来的样子很是迷人。不知道的人会以为他是在和哪个小女生谈情说爱，而不是在和一群学生讨论大学生的思想问题。

倒数第二排……不会是自己吧！楼简赶紧缩了缩身子，努力降低存在感，她身边的余薇薇受宠若惊地站了起来，滔滔不绝地说了一大堆楼简完全听不懂的话。

所有人的目光都落在余薇薇的身上，苏远也正看着发言的人，可她身边的楼简却相当煎熬，总会下意识地觉得苏远温柔的微笑下含着非常可怕的深意，那是对她的警告！

出乎楼简的意料，直到下课，她都安然无恙，没有引起苏远的丝毫注意。

也许真的是自己的存在感太薄弱？还是自己误会了苏远，其实苏远是个很好脾气的人，决定不再和自己计较那件事？抑或是苏远根本就忘了当初用书包抡了他脸的人是自己？

楼简小小地窃喜着，终于过了这一关，本以为刚踏入大学生涯的她会出师未捷身先死！

楼繁，你还是快点回家吧，我的小心脏可经不起这样的惊吓了！楼简皱着脸，暗暗叫苦。

这之后，楼简继续过着吃得饱睡得香，好好画画，敷衍上课的日子。

第二次思修课来得很快。

楼简这次完全放松了身心，还带上了自己的草稿本和脚本，珍惜分秒的时间，进行她的漫画创作。

最近灵感还是不少的，趁热打铁，先在纸上打草稿永远是楼简改不掉的好习惯。

苏远在讲台上舌灿如莲，楼简在讲台下面低着头奋笔疾书，甚至都没有发现，有一个人正闲庭信步地朝她走来，将她这

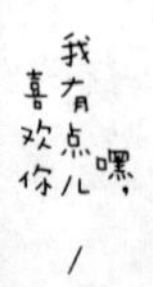

样的小动作完全看在了眼里。

等楼简反应过来的时候，只觉得头顶上一个黑压压的黑影笼罩在上方。

什么情况？

楼简缓缓抬起头，只见面前站了一个朝她微笑着的人，他先是环抱着双臂，接着缓缓伸出一只手来，摊开在楼简的面前：“东西拿出来。”

“老师我错了。”小宅女能屈能伸，楼简手里捏着草稿，悄悄地把草稿藏在了自己的身后。

“楼繁同学。”苏远抿着唇，收敛了一些笑容，表情变得冷酷，“还记得我说过，千万不要得罪我吗？”

楼简一怔，有些被苏远的气势吓到，她在想一个很重要的问题——他究竟是因为自己不遵守课堂纪律而做出这样的表情，还是因为那天被自己打了的事情？

“快交啊！”一旁的余薇薇低声提醒楼简。

虽然恨不得立马摔书走人，但楼简还是顾全大局地忍下了，极不情愿地将手中的脚本交到苏远的手里。

苏远接过楼简的本子，翻了翻，忍不住轻笑：“等你成为漫画家的时候，大概会把我这个没收了你画本的老师写进自传里吧。所以为了让我有更多一些的出场镜头，我决定告诉你，下课来我的办公室一趟。”

被苏远当众这么没脸地训了一顿，楼简却不知道，这还仅仅只是开始。

“你刚刚有没有看到苏远的脸，离我们这么近！真的好帅啊，你有没有闻到他身上男士香水的味道！”

“我脑残啊！被批了还关心他帅不帅！一个男人，喷什么香水！”

楼简看到余薇薇就好像看到了“无药可救”四个大字。

“楼同学，以后吐槽的话请记得一定要在课后说，以及放低自己的嗓音。”苏远勾了勾唇角，“我其实并不爱喷香水，大概是你的鼻子出了问题，或者我突然之间身带异香，还有同学们一定要记住，一个喷了香水的臭男人是一定比放弃治疗不修边幅的邋遢女士要强的。”

他什么意思啊！楼简咬着后槽牙，哼了一声，好女不跟男争，她决定，等拿回草稿，管他什么选修课必逃必修课选逃，她就会思修课全逃！管他挂科不挂科，反正最后败坏的也是楼繁的成绩。

下课之后，楼简萎靡地跟在苏远身后，直到苏远打开办公室的门走进去，他都没有回过头来看楼简一眼。

如果不是自己的东西还在他的手上，楼简一定以为今天在课堂上的事情，完全没有发生过。

苏远坐在椅子上，余光瞥着楼简，带着点不屑。

“老师，今天的事情是我错了，我不应该在课堂上开小差，念在我是第一次……而且……而且刚开学，您就放过我这次吧。那个……那个脚本对我来说很重要。”咬着牙，放低姿态，楼简完全是为了自己的草稿本。

“嗯，说得有些道理。”苏远轻笑一声，将草稿本扔在办公桌的最里侧，“看你表现吧，如果这学期表现不错，不出差错，东西你就拿走。”

“什么，老师，我急用啊！”本以为老老实实主动道歉就能拿回草稿本，谁知道苏远竟然来这一出。

“急用……”苏远抿了抿唇，黑曜石般明亮的眸子玩味地盯着楼简，“楼同学，我想你可能也知道，我邀请你过来，可不只是为了课堂不遵守纪律这一件事。”

“什么？”听到苏远的话，楼简心里打起了鼓，但还是装起了傻。

苏远指了指自己的颧骨：“这里，十天前有一块青紫的伤，是一个胆大包天的小同学用书包砸出来的。”

“我我……我没错，我砸的是个嘴毒的大渣男，这是他应得的！”

反正话都说开了，楼简也不怕他，干脆梗起脖子来反驳。

“所以说，年轻人真是太冲动，为了别人的事情，这么拼命值得吗？你大概连那个女生叫什么，甚至连她的长相都忘了吧？”苏远摊着手。

“但在这个世界上，难道不是坏人应该罪有应得？这不是能用值不值得来衡量的。”

“你是不是热血漫画看多了？”苏远轻轻笑了一声，“正义最后得到了胜利，所以，你是正义的小女神？哦……那我岂不是变成了大反派，不过，最近听说高帅富带点邪气的反派，很受欢迎啊。”

真会定义自己……

“不管我是不是……是不是有点异想天开，但我做的事情，不能算错！你要怎么报复，你是老师，可以随便行使你的权利，但是，那本草稿是我花了很久心力创作的，希望你能把它还给我。”懒得再和苏远多纠缠，楼简干脆地说道。

苏远一双桃花眼上下打量了一下楼简，抿着唇，勾起了一个好看的笑："事情各归各地说，你上课不遵守课堂纪律，我没收了你的东西，这是我为人师表、教书育人的职责。还有，上次的事……如果只言片语便能判断一个人的品行，那我同样可以从你刚刚那几句话里判断出，你是一个武断、蛮横、自以为是的女孩子。"

"自以为是？难道不是，她向你示爱被奚落？虽然说你没有责任一定要喜欢或者回应她，但是别人用了真心，你那样踩在脚下，不太好吧。"楼简说这话确实没了什么底气，当时她确实冲动了一点，事后想想，却安慰自己，反正也没做错。

"那个女生叫刘瑜，商务日语三年级的学生，患有轻微的精神病，很久没有复发就隐瞒了病情入学，报到那天我就找到她的家人，已经把她带回去了。"

楼简瞪大了眼睛，不可置信地望向苏远，试图在他的脸上找到一丝开玩笑的神情，可却没有，虽说苏远有点坏，但也绝对不会拿这样的事情信口雌黄。

"再说了，就算她是一个正常人，我也不可能真的和她有什么关系。"

听苏远说完这些话，楼简不再作声，闷闷地想，自己……真的错了？

"你不要说些什么吗？"苏远望着楼简，笑得狡猾，似乎在等待着什么。

"对不起，对不起，我不应该砸你，是我自己笨，你……"你不就想听到这些，不就是想听到我低声下气地认错嘛！楼简心一横，低着头一口气说道。

小宅女不跟臭狐狸争！

“现在的学生还真是难教，做错事情，道歉还这么不情不愿？”苏远眉头微微一挑，目光落在右手边的漫画草稿上。

“说起来，苏老师，您那样对一个病人，也是不对的吧。不过，我已经知道自己是真的太异想天开，脑补太过！可……您也没有受到太大的伤害，道歉我也道了，所以……这件事咱们能不能翻篇？”想到自己的漫画，楼简只能无奈地放低了姿态，低声求和。

“虽然你的道歉没什么诚意，但和学生纠缠确实不是我的作风，我就勉为其难地接受了吧。”苏远一只手抬起挥了挥，示意楼简离开。

“不是，苏老师，那个……我的那个……”楼简用手指比出一个画本的动作。

苏远抬起眉，扬起唇角露出一个标准的坏笑：“我并没有说你道歉之后，我就将画本还给你。”

怎么这样！

“你你你……为老不尊！为……为人师表，竟然……竟然欺负一个学生！”楼简气急，一连串乱七八糟的言语如小炮弹一般，向苏远投掷过去。

苏远沉下脸来，望着楼简。

“你！”楼简瞪大了眼睛，一时语塞，终还是低下了头，转身出了办公室。

她的内心是不平的！可苏远毕竟是老师，看出苏远是真的有些不悦，她最后也没有再说什么。

这么纠缠下去实在对自己没有一点好处，她只能暂时放弃自己的漫画草稿。

楼简撇了撇嘴，憋憋屈屈、满怀悲愤地转身离开。

而坐在办公室里，望着楼简背影的苏远，微微勾起了唇角，拿起桌上的咖啡，品了一口。

Hello Kitty就算再怎么发威，也变不了大老虎，更何况，这还是只纸做的。

不就是一个故事大纲！大不了那本草稿她不要了！楼简坐在公寓的沙发上，狠狠踢了两下茶几，将手里的抱枕想象成苏远的脸，用力揍两拳。

就在她发泄怨气的时候，门铃突然响了起来。

楼简愣了一下，这才想到，前几天自己将房子的信息发到了网上，寻找合租。本来爸妈给她的生活费其实够了，但她自己还想再努力攒点钱，买一台更适合绘画的电脑以及手绘板，而且她也没有放弃传统绘画方法，颜料与画纸也是不小的花费，所以合租还是能省下不少钱的。

门打开，外面站着一个和她年龄差不多的男生，微微杂乱的莫西干发型，红黑色的运动服，肩上背着一个登山包。

和苏远看起来完全不一样的类型，虽然脸没有苏远好看，但是更阳光一点。

楼简稍一愣，不自禁地皱眉，怎么想起来那个老奸巨猾的家伙，大概真的被余薇薇在耳朵边念叨太多，总会忍不住拿他的脸和别人的比。

“你好，我是昨天联系你，说想来看房子合租的，我叫林展飞，二十三岁，才毕业没多久。”林展飞脸上挂着笑，主动自报家门。

“你是男生啊……你没看到我的帖子上面写了，只限女生吗？”楼简皱了皱眉，她平时虽大大咧咧，但还没有心大到这种地步。

“我保证自己是好人，而且我肯定不是极品室友，对了，就算是女生，其实也不能保证自己就是好人吧？你有没有微博，看没看过，我的室友是极品啊什么的？”林展飞试图让自己的话更有说服力。

“最讨厌那些营销号了。”

楼简的眉头皱得更深，想到自己被那些营销号盗过无数的图就深深地不爽。不过，林展飞的话也确实有道理，若是有心害人，不管是男是女，都是危险的存在。

好在她发起的合租网站基本都是要实名制，各种审核才能通过账号的，有一个最基本的保障。

“对了，我是男生，消耗量比较大！在水电啊，其他的方面，我还会多出一点钱，你看……行不行？”林展飞真诚地眨了眨眼睛。

楼简稍微考虑了一下，还是点了头，姑且信你是个好人。

和林展飞敲定了协议，两个人都签了字，也算是对彼此有了保障。

林展飞为了证明自己的人品，将自己的身份证、毕业证、驾照统统都拿了出来，接着打电话给自己的哥哥、姐姐、老师、同学，纷纷请求他们证明自己是个不折不扣的大好人。

最后还是楼简说了停，差不多也到了下午上课的时间。

爸妈那边还是没有楼繁的消息，楼简每每想到自己要去上课就觉得完全灰心失望，特别是在这种下午还有思修课的时候，简直是非人的折磨。

磨磨蹭蹭来到学校，楼简想自己虽然不愿意见到苏远，但两个人的恩怨应该就算了结了吧，她只要好好上课就行了。

但是，正像苏远所说的，楼简这个新丁，真的是太傻太天真了。当苏远点名请她起立回答问题的时候，她完全处于懵圈的状态。

苏远的问题其实并不刁钻，而且只是随口一问，联系课本也能给出一个完满的答案。

可楼简在这么多同学的注视之下，大脑完全当机——她怎么知道大学生学习思想道德修养的意义在于什么啊？她又不是大学生！

但她苦就苦在，心里有这样的想法还完全不能怒吼出来，只能闷闷地低下头。

“其实这种问题呢，不用死记硬背，你只要记住一些关键字，考试的时候答对这些字词，就可以得到大部分的分数，当然，最好还是得满分。现在我们就来打开书，温习一下前几节课的内容。”

苏远嘴角噙着笑打开手里的课本，将书上重点内容念了一遍，抬起眼看着还尴尬地站在那里的楼简。

“既然回答不出，楼同学，就请你将我刚刚念的内容抄一百遍，下次思修课的时候交上来。好记性不如烂笔头，相信你在我的教导之下，一定会成为一个‘品学兼优’的新时代的优秀大学生。”

一百遍！不如叫她干脆明天别来上学更好啊！楼简惊讶地望着苏远：“老师，一百遍也太多了吧。”

“那就九十八遍吧，讨个吉利。”苏远随意地说道。

“讨吉利也该是八十八吧。”苦着脸说出这句的楼简，其实就已经认怂了。

苏远露出不怀好意的笑容：“那就这么定了吧，第一次消费，给你88折，八十八遍我可是要一遍遍地数的。”

上了当的楼简只能哑巴吃黄连，咬咬牙没再提出反对意见，只是心里憋屈，说好的新时代的大学生呢！这明明是新时代被罚抄的小学生吧！

她努力忽视苏远暗笑的嘴脸，在心里已经将他碎尸万段一百遍。

第二章 学生不乖，罚抄！

Hey, I kind of like you

楼简算是认识到了事情的严重性，看来在A省师大，只要有他苏远在的一天，她楼简就不会有好日子过。

自从开始学画画，她就再没有写过这么多字了，脚本故事之类的，平时也只会敲在电脑里。

楼简差不多抄断手，中间还有三十遍时她可怜兮兮地拉住林展飞求他陪自己一起抄来鱼目混珠，勉勉强强凑了齐八十八遍，蒙混过关。

林展飞来看房子的第二天就搬了进来，好在他至今为止的表现，都是一个标准的中国好室友，不仅会陪楼简罚抄，偶尔楼简有不会的问题他也会很耐心地作答。

只是就在楼简以为罚抄事件已经过去之后，第二次的八十八遍再次将她击晕。

“又抄！这是为什么？！”楼简不服气地顶撞苏远，“苏远老师，你这是滥用私刑！”

苏远好脾气地扯扯唇角，从一摞纸张中挑出了一些：“你大概忘了，我之前说过会一遍遍地看的，你以为我白当了这么多年老师，这么明显的字迹也看不出不同？”

“那是老师你眼睛审美疲劳了！”楼简扭过头去，打死也不认，笔迹这种东西太虚无了，而且，林展飞是努力模仿她的来写的。

“好吧，暂且不论这些是不是你自己抄的，”苏远抬起眉毛，又拿出一张纸来摊在她的面前，“漫画画得不错啊。”

楼简定睛看了一下纸上的内容，眼皮轻轻地跳了两下。

那是两个Q版小人，男性小人西装领带，却全部被扯破撕烂，他跪在地上，伸出一只手，被打得鼻青脸肿、伤痕累累，脸上带着两条宽面条泪，上方是一个凄厉的文字泡——“女王大人，饶命啊！”而在他的身后，站着一个扎着马尾辫，穿着高跟鞋、皮衣，一只手抬高挥起小皮鞭，一只脚踩在男性小人脊背上的女王，笑得嚣张，明显这个女王代表的就是她。

当然，这些都不是最重要的，最重要的是那个男性Q版小人的衣服上写着粗粗的“苏远”二字。

这是楼简在机械地罚抄的时候给自己努力提神的随手涂鸦，谁知道不小心混在了罚抄的纸里一起给交了上去。

“老师喜欢漫画？要不然，我给你画个QQ头像？”楼简干巴巴地笑了声。

“这张不就挺好？画得很传神哪。”苏远顺手拿起那张Q版图，夹进自己的讲义里，“现在，你来回答一下这堂课上的几个问题。”

楼简预感到了暴风雨的来临，虽然自从那次草稿本被收，她就再也不敢在苏远的课上做小动作了，但那不代表她就不开小差啊。况且就算是她听了，思修那么一大坨枯燥无味的文字，她是怎么也记不住的啊。

果然，对于苏远提出的问题，楼简只觉得自己好像是在听天书一般，别说是回答出来了。

“这样可不行，别讨厌思修，学进去你会觉得很有意思的。把刚刚回答错的问题的标准答案，再抄八十八遍吧，你喜欢的，吉利。”

“老师你在开玩笑？”

“这个真不是开玩笑。”

“苏老师，他们都说你可是我们师大最年轻、最能干、最会教课的老师，你的教学方法该不会就是这种小学生罚抄吧？”

苏远看到楼简一脸悲愤却还要说出那么多恭维他的词，心里觉得真是太有趣，表面上依然装出一副严肃的样子，伸出一根手指来晃了晃："你没有听过，学习方法要因人而异。如果只有小学生的智商，那自然只能用小学生的学习方法来咯。"

居然拐弯抹角地骂她智商低！楼简深吸一口气告诉自己，这个世界如此美妙，她却如此暴躁，这样不好，不好。

不就是写字嘛！"我抄！"楼简几乎是咬着后槽牙挤出这两个字。

苏远点点头抿着唇，有进步啊，竟然没有奓毛。

几乎所有课余时间都已经被这样的惩罚塞得满满的，等到楼简大半夜强撑困意登录一下QQ和微博的时候，已经被编辑们狂轰滥炸的信息给淹没了。

"楼简，快出现！"

"画稿画稿画稿啊！"

"天哪，小楼子你是不是发生了什么事情，你从来都不是这样拖稿的人啊！"

糟糕！最近因为学校的这些破事，差不多都把稿子的事情给忘了。

楼简长期给几家出版社供稿，文字稿件过稿之后，责任编辑便会为封面做出一段文字性的描述，然后她所要做的，就是根据这些文字描述来画出相应的图片。当然极少可能是一次完工，大多时候需要她根据编辑的要求再进行修改。

来到学校的期间，楼简确实收到了好几段文字描述，本来想等稳定下来，好好画一画的，谁知道因为苏远的事情，竟然都被她抛在了脑后。

这不仅关系到她这个月的稿费，关键是人品问题啊！她要是真的窗了这几个图，那以后还有谁会找她画图。

重新打起精神，楼简只能撑着疲惫到极点的身体继续画图。这些年来的练习已经令她的画技相当熟练，她对自己的要求很高，一幅图至少要想两到三个草图交给编辑选择，如此下来，十几个草稿画完，楼简差不多直接倒在电脑旁就睡了。

大一的课程相当紧凑，没有多余的时间给楼简插科打诨，因此每天三点一线的生活，并没有留给她太多富余的时间。

楼简上课就昏昏欲睡，回家继续赶稿，黑眼圈浓重，终于交了苏远要求的罚抄内容。不知道为什么，越是在她困难的时候，她就越想着，一定要抄完全部，让苏远没话说。

楼简从书包里掏出罚抄的那沓纸交到苏远的面前。

“你怎么了？”苏远看出了楼简的不对劲，微蹙眉头，关切地问。

“没事，苏老师你看一下，没问题的话，我就先走了。”

人人都知道，吃饱睡好穿暖的人最幸福也最有精神，楼简算是严重缺乏睡眠，人摇摇晃晃的，再没了之前的朝气。

这不太像之前揍了自己的女孩子，苏远不禁心头一动，有些微连他自己都不自知的怜惜之情涌现而出。

“是不是有别的老师罚你抄一百八十八遍？”苏远勾起唇角调侃。

楼简一个哀怨的小眼神砸过去：“大学里用这么变态方法教学的，大概只有苏老师你了！”

“我可是为你好。”苏远自然知道不会有别的老师用这样的方法，所以才会放心地让楼简抄这么多的字，不过现在看来，好像太过了一些。

可苏远心里的这些想法，楼简完全感应不到，她也在这一刻决定，以后逢思修课，她选择必逃。

反正到了学期结束，考试挂科什么的，这些可都是算在楼繁身上的，与她无关。

因此，自从苏远决定不再针对楼简的时候，他就再也没在自己的课上见到过楼简了。偶尔翘课也就算了，毕竟他也有精彩纷呈的大学时代，不是那种老古板，但是，两个多星期的思修课都翘掉，这也太不拿他苏远当回事了吧。还是说，她发生了什么意外？

想到这里，苏远再也按捺不住自己的心情，急切地想要找楼简问个清楚。老师总会对某些学生特别关注，这是无法避免的事情，他这样告诉自己。

苏远认识那个总是坐在楼简身边的女孩子，她叫余薇薇，有点小花痴，在见到他的时候总是表现得局促不安。

不过，这些都不是重点，他想问的是："你应该和楼繁同学很熟吧？知道她最近怎么了吗？为什么连着两个星期的思修课都没有见到她人？"

"是吗？我……我没注意啊，她别的课好像有来啊，因为楼繁不和我们一起住宿舍，所以我也不是很清楚。但是我也在奇怪呢，怎么一到思修课就见不到她人了。"

"只有思修课不来。"苏远低声说着，脸色很明显就沉了下来。

天啦！余薇薇转过身来，小心翼翼却是一脸的惊喜：楼繁，你真是太厉害了，翘课这一招简直神了，你成功地引起了霸道老师苏远的注意啊。

苏远原本想让余薇薇带话，但考虑了一下，楼繁现在已经是破罐子破摔，说不定打草惊蛇以后更躲着自己，不如直接去抓她个现行。

楼简虽然逃了苏远的课偷偷用来补眠，但一星期两个课时的时间根本是杯水车薪。这一阵子她过着每天早上六点起床，晚上两三点睡觉的日子，明显有些精神萎靡，以至于她上完早上最后一节课从教室里出来时，整个人飘飘忽忽，都没有发现似笑非笑的苏远站在门口看着她。

"我是洪水猛兽吗？让你冒着挂科的危险也不来上思修？"苏远斜靠在墙边，双手交叉放在胸前，连抓人都不忘先拗个造型出来。

楼简惊了一下转过头来看着苏远，难得露出服软的眼神："苏老师，我又怎么了？"

"请你吃饭。"苏远看到她的小眼神，原本想要严厉起来的心，又软了下来。

无事献殷勤！楼简想拒绝，但苏远好歹是学校里的老师，而且他主动示好，自己要是再给脸色，岂不是很不知好歹。

反正她楼简也没什么值得骗的，看来这个苏远的心眼真的是比针眼还小，只为了一件事，这么一直纠缠她，他还能怎么样？大不了再抄思修书！

楼简跟着苏远一起，苏远的口味和他的贵公子形象有点不太符，他喜欢喝豆腐脑、吃油炸锅巴，小刀面再加点酸菜，居然觉得人间美味。楼简点了两个最贵的东西，她决定死也要死得更有价值一点。

"为什么不来上课，你还没有回答我，是不是对我有意见？"苏远当然不可能让她白白美餐一顿，话不问清楚，绝不会让她动筷子。

“因为不想再被罚抄。”楼简皱了皱眉，给出了最实际的答案。

“你从小到大都这么叛逆吗？”苏远从口袋里掏出手机，“昨天从你们辅导员那里要来的，你的紧急状况联系人，你父亲的电话。或者，我应该和他谈谈你逃课的事情？”

楼简听到苏远这句话，猛地站起了身子，脸色苍白如纸：“苏远，你还真的拿我当小学生……你居然……”没听说过大学生因为逃个课，就要找家长的！

有个学霸姐姐简直比“别人家的孩子”还要可怕！时时刻刻生活在“你看姐姐多厉害”的恐怖高压中……

虽然楼简一直成绩不好，但这么多年，她都在努力着。后来学了画画，文化课成绩很一般，但可以拿到稿费，养家糊口不成问题，在爸妈眼里也算是德智体美劳全面发展的好少年！

她都这么努力了，这个苏远，竟然为了一个小小的私人恩怨要在父母面前毁尽她一直以来努力维持的形象！

绝不可以！

正当楼简准备拍案而起的时候，头没来由地一阵眩晕！

楼简手指抠紧了桌子边，四肢酸软几乎站立不住，冷冷的汗湿了后背，眼前一黑，直接一头栽倒了。

“楼繁？怎么了？”苏远没料到楼简会突然晕倒，下意识地伸手将她接住，二话不说，打横抱起就冲向学校医务室。

于是乎，在这个阳光明媚的午后，吃饱休息没事儿看看八卦的师大的同学们，就看到他们的男神老师苏远，抱着一个柔弱的小人儿，满脸焦急地冲向校医室。

一瞬间，校园的网络社区炸开了锅，上面开始出现各种角度的苏远公主抱的照片，虽然他怀里的那个人看不出面目，但苏远这动作、这姿势、这温柔、这和他名字一样苏的气场，已经倾倒了一众同学。

“快要沦陷了，我希望躺在苏老师怀里的人就是我啊！”

楼简半靠在病床上，一手拿着苏远给她买来的酸奶喝着，一手刷新论坛，以上，就是最新一条留言。

楼简直接单手打字，跟帖发了三个字三个标点：“呵！呵！哒！”

她抬起眼，看向病床边。苏远还没走，一脸笑意地望着她，不过楼简算是受够了他这种看似温柔、实际上却叫你摸不透到底在想什么的笑容，她的眼睛又垂了下来，落在手机上。

苏远也不在意：“医生说你低血糖，早上没吃早饭加上一段时间的睡眠不足……不吃早饭对身体实在不好。还有，你不要告诉我，是因为你熬夜罚抄思修书，所以才造成睡眠不足？”思修课一个礼拜才两节，第一节星期一，第二节星期五，虽然八十八遍确实很多，但五天的课余时间，是绝对不会需要熬夜抄书的。

虽然不全是，但你绝对是始作俑者，不要用那种无辜的眼神看我！哼。楼简嘟了嘟嘴：“因为我平时还需要工作，只能努力挤出时间来完成老师你布置的任务。”

“这么说，真的和我有关？”苏远的脸上露出愧疚的表情，“你居然需要工作？哎，老师不知道你的情况啊，不知者不罪嘛。”

楼简听到苏远用了这种撒娇无辜的口气与她说话，不自禁地一愣。她稳住乱跳的心，又想起余薇薇之前吹嘘的苏远个人魅力，余光瞥到手机上那些苏远的照片，身材高大的男人微微蹙起俊眉，手里抱着一个人，疾步向前走，丝毫不喘气。

不得不承认苏远很有魅力，不管从脸还是从才气，即便是她这个讨厌他的人也不得不承认，他真的是个很完美的电视剧男主角类的人物。

楼简眨眨眼，将手里酸奶的空盒成功投进垃圾筐里："苏老师，我确实有不对的地方，不过，但不能因为我们之间那一点点私人小恩怨，总是针对我，这不太好吧？"

"你认为老师在针对你？哎，楼繁，其实，老师是在为你好啊！想当年我也曾有过叛逆的时光，但是后来年纪大了，就懂事了。"苏远一副老成的模样，伸手摸了摸楼简脑袋上毛茸茸的头发。

楼简忍不住在心里给他白眼，拜托，你也大不了我几岁。

"我不是叛逆，实话说吧，苏老师，你这只是想给整我这件事套上一件漂亮的衣服，表面看看好像是这样，但只要一深入，脱了衣服，就会发现它真正的面目。"

"原来我的目的这么明显？"

"我又不傻！"

"那我也许只是为了让你学习更好，思修考个高分呢？"

"算了吧，苏老师，我已经知道了思修是开卷考试。"

经此一役，苏远终于不再找楼简的麻烦，但他这个小心眼又公报私仇的形象已经深入了楼简的心。楼简上苏远的课会打起十二万分的精神，不让他有任何把柄可以抓到，上完课立马就矮着身子走人，只差匍匐前进了。

苏远走大路，她顺着绿化带溜号；苏远吃饭，她上厕所；

苏远在南校区，她去北校区，实在躲不掉她都会假装口歪眼斜，找到机会逃跑。

而楼简的稿子，也终于在她没日没夜的狂赶中，一一交了上去，保住了她的名声与节操。

用力伸了个懒腰，楼简长叹了一声，将手绘板收拾好，开始在她的二次元小天地里遨游。

很长一段时间没有看动漫，打开才发现，一周一更她也并没有攒下几集，一一补完之后，看到电脑上的时间是九点半。

忽然想到很久没有去看自己的男神了！不如去听他唱歌，放松放松最近浮躁的心情，运气好的话，说不定还能把最近遇到的糟糕的事情都和男神聊一聊，得到他的专属安慰。

楼简的男神叫作子君，是个颜值一般，但是唱歌非常棒且声音很有磁性的人。他是个专业主播，因为希望有自己的直播间，所以前不久接受了一个叫作盒子直播间的网站邀请，并且因为高人气，拿到了直播间1号的头牌号码。

楼简因为拥有一技之长，经常会在子君发歌的时候画一画曲绘，做一做海报，给他设计设计头像，因此比起一般的小粉丝，她与子君算是更亲近一点。

虽然她的男神从颜值来讲并不是最高的，但脸好看并没有什么用，楼简不自禁地想到了苏远，再想想她温柔的男神，简直是天壤之别！

登录盒子直播间，楼简直接进入了1号直播间。

直播画面上是一个戴着半张假面，只露出自己下半张脸，在麦克风旁与大家对话的男主播。他穿着优雅休闲的白色衬衫，

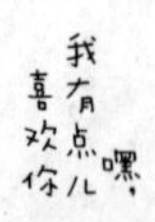

领口的扣子松开两颗，依稀露出浅麦色的肌肤与锁骨，他的唇很薄，露出了轮廓分明的下巴。

进错了房间？楼简退出，再进了一次，看到的状况还和刚刚完全相同，当时脸就黑了，怎么回事？1号不是她男神的房间吗？这么想着，她连忙在公屏上打出字来询问。

子君家の巧豆麻袋袋：1号，难道不是子君的直播间吗？

非你所近☆妹纸敲可爱：现在已经不是啦，现在是非近大大的。

子君家の巧豆麻袋袋：天哪，怎么会？子君不是刚来没多久吗？那他现在去了哪里？

非你所近☆没钱的我萌萌哒：这个嘛……说来话长。

非你所近☆沫熙往西：正楼正楼好咩！现在是非近大大在麦上，能不能尊重麦上歌手啊？

子君家の巧豆麻袋袋：我只是想问一下子君的事情，还是说，是非近将子君挤走的？

非你所近☆我是没马甲：都说正楼了，楼上来砸场子的吧？场控妹纸呢？

非你所近☆没钱的我萌萌哒：好啦好啦，不要吵架。=======正楼======

非你所近☆妹纸敲可爱：不如非近大大给我们唱首歌吧，保证立马没人吵架。

非你所近☆吃土的少年哪：233333333333，唱起来。

非你所近☆请叫我红领巾：哈哈哈哈，非近大人等等啊，先让我把耳机插上！

公屏和谐地回到了楼简没有出现时候的样子，可是她越发奇怪了，怎么回事？这个非近到底是谁啊？她安静了下来，望着满屏的陌生网名，心里很不是滋味。终于那个叫作非近的主播也察觉到了公屏的不和谐，笑着安慰了大家几句，提出唱歌，公屏一阵喝彩，其中夹杂着不少粉丝的玩笑。

果然，当非近的歌声出来了之后，公屏更热闹了。

只是楼简开始疑惑，这到底是什么歌啊？！歌词很熟，可是这音调，感觉自己并没有听过啊！有点像周杰伦的《霍元甲》，应该是一首中国风的饶舌。

楼简原本还在仔细研究，可当她的余光移动到了歌词界面的时候才发现。

《小情歌》？！

为什么有人能把《小情歌》唱出《霍元甲》的味道？不仅唱出了饶舌，连《霍元甲》里戏曲的元素都没有漏掉，你跟她说这是《小情歌》？！

子君家の巧豆麻袋袋：非近大人是在开玩笑吗？

非你所近☆吃土的少年哪：子君家的粉还没走啊？

非你所近☆请叫我红领巾：哈哈哈哈哈，这就是非近大大的本色出演，新人不要被吓到。

子君家の巧豆麻袋袋：非近唱歌就是这么难听？

非你所近☆沫熙往西：楼上的爱听不听，快把找事的插出去啊！

子君家の巧豆麻袋袋：我只是觉得子君被这么一个唱歌都五音不全的人比下去很冤。

非你所近☆我是没马甲：好了，楼上不要再说了，有什么意见去平台提吧，和我们说并没有什么用！

当楼简还想再继续说下去的时候，却弹出一个系统消息。

系统消息：你已被管理员【非你所近☆乘风】请出该频

道。

居然踢她出去了！楼简只觉得最近自己真是见了鬼了，为什么最近谁都和她过不去？！她只是想来听个歌，为什么也会变成这样？她再打开自己的资料页面，发现自己原来1号房间的会员也被扒了去。

就在楼简气急败坏的时候，还收到了一个陌生人的私信。

非近：你好啊，刚刚我们家妹子不太礼貌，不过子君的离开和我并没有什么关系，他是去参加最近几个大型的唱歌比赛，所以离开了网站。

没想到这个非近居然会主动私信自己，也许人应该不那么坏吧，楼简想着，回复了一句。

巧豆麻袋袋：谢谢你告诉我这些，不过，你唱歌真的不怎么好听，和子君差得很远呢，加油练练吧。

非近：哦，这样啊。

这什么态度啊！

巧豆麻袋袋：我可是为你好，不然可能明天你也会被辞退！因为唱歌走调！

非近：你好像很希望我被辞退的样子，不过很可惜，我和子君不一样，大概不能如你所愿啦，^_^。

这个人这个人！果然还是很讨厌，不知道为什么，非近最后那个颜文字笑眯眯的表情，让她想到了笑得很狡黠的狐狸。

不行！子君就算离开了，也不应该被这样一个五音不全的人代替！楼简决定从这天开始，和这个非近，以及他的粉丝团势不两立！

第三章

一言不合，壁咚！

Hey, I kind of like you

时间不紧不慢地过去，不知道是不是麻烦不断的关系，楼简万万没有想到，半个学期的时间竟然过得如此之快。

大概是因为和苏远的争斗，让她几乎忘记了，现在的这些其实都不属于她啊！上学念书什么的，特别是考试！这可是比读书还要让她更惧怕的东西啊！

“楼繁到底什么时候回来啊？”楼简抱着电话，噘着嘴有些不满地说。

电话那边的楼妈妈也是无奈：“简简，妈妈和爸爸还在努力地找小繁，你再撑一段时间啊。妈妈知道你不愿意……”

“妈，我是想告诉你，我们这边快要考试了，你也知道，我那个学习能力。要是能考好，我就自己来上大学了！大学虽然比较轻松，但是考试不过的话，还是会毕不了业的！”

“你随便考，考成什么样妈妈都不会怨你。”楼妈妈小心翼翼地稳住女儿。

楼简听到妈妈疲惫的声音，不禁有些心疼，妈妈为了找到楼繁一定耗尽了心力，现在还要安抚自己。楼简不忍心继续和她闹下去，只暗暗骂了两句任性妄为的楼繁。

虽说讨厌考试，但既然要参加，还是努力一下吧。

楼简咬着笔，看着面前一堆试卷与书本，觉得头都要大了。满本的英文，它们认识自己，自己却不认识它们；中文是每个字都认识，合起来就是一本天书。

“在认真读书啊？”林展飞走到她的身边，转身坐了下来，拿起一本书随便翻了翻。

楼简好像看到了亲人，一把抓住他的衣袖：“林同学，帮帮我！”

林展飞勾勾唇角，眼神如扫描仪一般，从上到下，再从下到上地把她打量一遍，接着摸摸下巴："呵呵，要我帮你，很容易，帮我个忙。"

楼简双手抱胸，哼了一声："笑得这么猥琐，我告诉你，我就算为了成绩，也不会出卖自己的身体。"

几个月过去，林展飞已经算是通过了楼简的审核，并且不只是发展成了中国好室友，甚至已晋级为她的男闺蜜，两个人说起话来也更加毫无顾忌。

"嘻嘻，当我一天女朋友！"林展飞一边说，一边飞出一个媚眼。

楼简嘴角抽搐了一下："初恋概不外借。"

"一天而已，我要去参加老师女儿的婚礼，带个女朋友比较有面子嘛，关键是能够抵挡住各种热乎乎的心肠和真诚推销。"林展飞有些无奈。

"不是吧，你不也才二十三吗？怎么会被逼着相亲？"楼简一脸诧异。

林展飞耸耸肩："谁让我如此优秀抢手呢，大家当然要早早预定好啦。"

楼简做出受不了的表情。

"好啦，就这么说定了，我平时和他们也没什么交集，你不用有压力，更何况，份子钱都已经随了啊！我们一起去大吃一顿吧。"

楼简想了想，刚好期中将近，有好几天都没课，可以用来复习。在林展飞的软磨硬泡下，她便答应了下来。

婚礼在周末，喜宴就是这样，除了主桌上的近亲，各种亲朋好友三姑六婆，沾亲带故的，很多大概连新郎新娘都不认识。

林展飞他们坐在靠后的席位，准备大吃大喝。

楼简挑拣出了衣柜里比较得体的衣服，奶白色的披肩和粉红色的长裙，加上一个简单的手包。她平时的形象比较简单，大多数时候是裤子加T恤，穿着更舒服也更适合她画图工作，所以即便是长得还行，也并不显得出挑。

现在经过一番用心的打扮，配上她白皙的皮肤和又大又亮的眼睛，还真的是个清纯美少女。

看到这样的楼简，林展飞一路上不止一次地念叨自己真的是赚大了！

楼简是懒得理这个又开始犯二的家伙，好在他在人多的时候，表现得还是很正常的，不仅正常，甚至是彬彬有礼。

他们这些“闲杂人等”的位置并不太重要，但是，大家有一个基本共识，除了让相识的人同坐，那就是让年纪相仿的人坐在一起。

所以在楼简与林展飞并肩走到桌子前面的时候，就看到苏远已经端坐在桌子的另一边。楼简简直要背过气去，这究竟算是她运势太烂还是他们孽缘太深，为什么在这样的场合下都能遇到对方？

“我是林展飞。苏师兄，久仰大名，你好你好！”大学毕业初出茅庐的林展飞自然是不会放过任何一个与精英人士亲密接触的机会。

真的是苏远！

还有，林展飞怎么认识苏远的，还叫他“师兄”？！

苏远看了一眼林展飞，也回以微笑：“客气了，久仰大名什么的，哪有那么夸张，大家都是年轻人，在一起说话，不用这么多礼，楼繁平时和我说话也是很随意的，对吧？”

“原来……苏师兄你和我女朋友小楼认识啊？”林展飞有些惊喜。

“女朋友？”

苏远说着这话，目光轻飘飘地落在楼简身上。

楼简有些不自然，苏远向来是个从表情也看不出他内心想法的人，她很怕和他这样的人打交道。

“是啊。”林展飞甜蜜地笑着，伸手揽住楼简的肩膀。

楼简侧过脸去看他，不知道是不是应该好好夸奖他演戏太棒，可以去拿个奥斯卡影帝，不仅戏做得足，竟然还自带脸红。

楼简自己不觉得，但从旁人的角度来看，楼简与林展飞完全就是一对甜蜜的热恋小情侣，金童玉女很是相配。

苏远下意识地觉得这两个人站在他面前很碍眼，他很快地找到了原因，自己是这么爱护学生，特别还是像面前这个如此可爱的女孩子，结果养得好好的大白菜突然被林展飞这只猪给拱了，实在叫人很是不爽啊。

楼简与林展飞坐定下来，林展飞立马低声问起楼简：“你认识苏远啊？”

“他是我们学校的政治老师啊，教我们思修。”楼简皱了皱眉，心烦意乱，早知道苏远在这里，倒贴她礼金，她都不会来啊，“你叫他苏远师兄？”

“对啊，苏远可是新郎的爸爸的得意门生，你说他教你们什么？思修……天哪，他怎么教这种副科，他可是三百六十科无死角全能，以他的水平，明明可以教更出彩的科目啊。不过也是，他一富二代，大公司老板的公子，教书对他来说，大概只能算是个兴趣吧。”

两个人低着头悄悄说小话，苏远就坐在那里，余光若有似无地掠过他们，这两个人关系看起来还很不错的样子。

这时候一个声音打断了苏远的思绪，他抬眼，一个身材高挑、衣着性感的女人站在了他的面前。

“苏远，好久不见。”

正在偷偷摸摸地八卦苏远的楼简和林展飞自然注意到了这一幕。

“哇哦，快看快看，那个漂亮姐姐，肯定是苏远的某前女友！你猜猜他们会不会旧情复燃干柴烈火啊！”林展飞表现得异常兴奋，楼简因为还想从他这里八卦一点关于苏远的东西，所以勉强忍住没有唾弃他。

“苏远从高中开始就是学校有名的风流公子啦，换女朋友比换衣服还勤快，不过，也没人对他提出什么异议。毕竟别人是高帅富，还有才，有这个资本从万花丛中过。而且那些女孩子都是心甘情愿，虽然知道他是个花心大萝卜，还是想要去试试。看看自己是不是那个能让他浪子回头的人，只可惜啊，Nothing！”

什么什么？换女朋友……原来……苏远是这种人？楼简听完心里觉得挺不舒服的，难怪他在学校这么会笼络人心，敢情就是长年累月以来交女朋友交出的经验啊！那么她第一次揍他那一下，其实完全没有错咯！

林展飞说的话倒是歪打正着，苏远面前的那个女人，确实是他众多前女友中的一个，不过人家现在也已经是事业有成、家庭美满，过去的那些早已是不值一提的陈年旧事。

苏远与其寒暄结束，还没来得及休息，又被两个穿得花枝招展的年轻女孩子围住。

“啧啧啧啧，黄金单身汉的魅力啊！”林展飞一副艳羡的表情。

“看你好像很羡慕的样子，那干吗还带我来做挡箭牌？”楼简鼓了鼓腮帮子，嘴里说着林展飞，眼睛却盯着苏远的方向剜了一眼。

“哎呀，小楼你是不是吃醋了？”林展飞做出西子捧心的动作，“放心吧，我是绝对不会那样花心，背叛你的。”

“你还真是爱演。”楼简拿他没办法，还是被他逗笑，随后站起身，“懒得看你演，我去下卫生间。”

楼简磨磨蹭蹭着，直到湿漉漉的手没擦就已经干了的时候，才从卫生间里走了出来，刚巧迎面看到苏远从走廊的另一头走过来。

她一个急刹车藏到了转角的地方，确定他没有发现自己，这才松了口气。

苏远的身后跟了一个女人，不是刚刚楼简看到的任何一个：“苏远，现在的你真是越来越不像你了。我真的还希望你像以前一样，依然是那个花花少爷，至少我还可以接近你，和你在一起，有千万分……亿万分之一的机会。”

“你也知道那是以前。”苏远背对着楼简，因此楼简只能听到苏远的声音，看不见他的脸，所以不知道他是用怎么样的表情来与那个人女人对话，只是声音很冷酷，与平日里那个笑着毒舌的苏远不太一样。

“好吧好吧，我知道你现在是高岭之花，不再打扰你了。”女人自讨没趣，却也不太介意，耸耸肩转身离开。

直到女人的身影不见，苏远终于动了起来，只是他似乎并没有离开的意思，而是……朝她走了过来！

怎么回事？苏远这是……

“出来吧。”苏远压低的声音比起平时更富有磁性。

楼简将身体往后靠了一些，希望把自己缩得小一点，好像这样苏远就看不到她了似的。

“第二次了，楼繁，我真是怀疑你是不是有偷窥癖，还是说这个癖好只针对到个人？”苏远脸上噙着笑，一旋身已经来到了楼简的面前。

“咳，嗨，苏老师，好巧啊。”楼简扯起面部僵硬的肌肉，想说自己好冤，她这次真的真的不是来偷听的啊。

“嗯，今天是挺巧的，没想到能在这里遇到你，还有……你的男朋友？”最后一句话苏远明显是用揶揄的口吻调侃她。

不能输了气势，不能输了气势，不能输了气势！重要的事情说三遍！楼简努力这样告诉自己，鼓起勇气来回道：“我也是，万万没想到能听到那么多关于苏老师的光辉事迹。”

苏远听到楼简这么说自己，他心里首先想到的不是生气，而是有点惊喜，嘿，小丫头终于又敢跟他顶嘴了。

苏远没有说话，而是向前一步，前倾上身，伸出右手撑在楼简脸旁的墙上，将她整个人都逼得靠在墙角，笼罩在他的身体下方，在这个无人的角落无路可退。

这这这这！这个这个这个……这个姿势，难道是……传说中的壁咚！

楼简吞了吞口水皱皱眉，不可置信地抬眼看了一下苏远，确定自己已经完全被苏远高大的身影遮盖住，他也正低着头看着自己，这就是一个准确无误、如教科书一般标准的壁咚姿势。

苏！远！在！壁！咚！自！己！

为什么会有这么神奇的事情发生？楼简不知道苏远下一步想要做些什么，只能沉默地和他干瞪眼。

“最近在老师面前表现得那么乖，就是因为交了男朋友，所以没有时间做别的事情了？”苏远侧着脸，凑近到她的脸庞，沉下嗓音问道。

“老……老师，我已经成年了。”她的潜台词就是——我交不交男朋友是我的自由，关你什么事？

“觉得老师不该管教你？”苏远的头更低了一些，靠近楼简的脸。

几乎已经可以感到苏远的气息，他的声音很好听，沉沉地通过空气，振动着人的鼓膜，楼简察觉到自己的脸泛起了莫名的燥热，她心乱如麻地说道：“就算是管教，也应该是更有资格的老师才能管教我吧。”

“我没有资格？”苏远的音调提高了一些。

“对，至少是一个自身作风没问题的老师来管教我，才更有说服力吧。”

“你听别人说了什么？哦……你和你的小男朋友那样喜笑颜开，就是在讨论老师的绯闻？”苏远很平静，看不出他对这件事是否在意。

“其实我很后悔。”苏远的话很突兀，但楼简还是机智地选择了闭嘴听下去。

他说：“就是因为我年轻的时候做了很多错事，才更希望能教导好自己的每一个学生，不再重蹈覆辙。”

楼简有一瞬间的冲动，想问苏远究竟做过什么样的错事，不过，她不想表现出对这个人有过多的兴趣，还是选择沉默。

苏远直起身子，沉沉地笑了两声，伸手拍拍楼简的脑袋，再次感受了一下她柔软的发质，毛茸茸又乖巧，转身先走。

苏远两手插在口袋，往前走了两步，感觉楼简没有跟上，扭过头来冲她扬扬下巴："快走吧，去看看婚礼结束没？"

整个喜宴过程中，林展飞和苏远都相谈甚欢，宴席结束后两人甚至相约以后有空一起喝酒。楼简的任务就是埋头苦吃，偶尔目光下意识地落在苏远身上，竟发现他也在看着自己，就会莫名其妙地对视一会儿，一个继续聊，一个继续吃。

其实他只要不再找自己麻烦，还是挺好的。楼简突然从心里萌生出这样一个想法。

回去时，苏远开着他那辆骚包的跑车停在了林展飞和楼简的面前，降下车窗问："要不要顺便送你们回去？"

"好啊好啊，那就麻烦你了啊，师兄。"林展飞乐呵呵地拉着楼简上车，丝毫没有给她抗议的机会。

"这辆车大概要三百多万吧！"林展飞和楼简两个人坐在车后座上，他依旧兴奋劲不减，凑在楼简的耳边小声说道。

"那你小心，抠坏了座位上面的一点点皮，可能你明年就要啃一整年的馒头咸菜了。"楼简也低声予以回击。

"之前听你们同学说了，知道楼繁在外面租了房子，应该是离学校不远吧。我也住得离师大不远，就先送小林？"苏远征求意见地提问。

"不用啊，我和小楼住一起呢。"

"你们……住一起？"片刻的停顿，苏远反问的语气中带着试探。

林展飞心大，丝毫没有察觉不妥："嗯，对啊，住一起呢，你给我们一块带走就成了。”

楼简尴尬得恨不得立马跳车，她偷偷地看一眼前座的后视镜，刚巧与皱着眉的苏远目光第N次相撞。不过，楼简这次竟明显地感觉到了苏远的不悦，他其实极少这样将自己的情绪表露在外，她也不禁有点小小地紧张了起来。

“现在的大学生都这么开放了，这么早就住在一起……说起来楼繁可是我心爱的学生，林展飞你可要好好对她，要负责，不然的话，我也不会饶了你。”苏远故作轻松，重新将关注力放在了开车上。

林展飞是有点二，但不是弱智，这会儿要再不懂苏远的意思，那就真的需要去医院做个脑部CT了。

林展飞有些不好意思地摸了摸脖子，还一脸羞涩地解释：“既然和学长你都这么熟了，我就实话跟你说吧，免得你也误会小楼。其实吧，我和小楼不是那种关系。今天我要来吃喜酒嘛，怕马老师又担心我的个人问题，唠叨我，这不是觉得小楼很好，带出去刚好也很长脸啊，就拜托她帮我这个忙。我们只是室友，室友而已，现在男女混租已经不新鲜啦！”

不知是不是错觉，楼简觉得苏远似乎在林展飞全部交代的一瞬间，露出了一个终于放心下来的表情。难道他是真的怕自己的学生在外面交友不慎，乱搞男女关系？

“楼同学答应帮你的交换条件是什么？”苏远一针见血。

林展飞啧啧称赞：“哈哈，师兄你简直是太神了，对自己的学生真是了如指掌，知道没有好处，她是绝对不会配合我这种事情的。”

“喂，我就这么势利眼啊！”楼简终于忍不住说话了，狠狠用手肘戳了一下林展飞。

“对对对，我错了，小楼才不是势利眼，我们交换的条件只是帮你复习功课应付考试而已。就算是你今天不来假扮我的女朋友，我也是要义不容辞地教你的嘛。”

“应付考试？”苏远一挑眉，“你果然还是没有认真听课，关于学习方面，你有任何问题都可以来问我。”

喂喂，这种施舍的态度是怎么回事啊！我才不要来问你找虐呢!

“天哪！小楼快抓住这次机会！”林展飞比她本人还兴奋，拉住她的袖子晃了晃，“苏师兄可是大才子。能得到他一对一的亲自指点，成绩一定能够突飞猛进的，就算是不教你知识，光告诉你学习的方法，也是很赞的。”

“小林，你再夸下去，我可都要不好意思了。”苏远还是很享受这种在楼简面前被人捧一捧的滋味的。

我看你好意思得很，老脸都不红一下，哼！楼简继续在心里吐槽。

“那就这么说定了，小楼的功课可就都交给你了，辛苦你了师兄。”林展飞非常放心地进行交接工作。

她这个主角都还没说话好吗？为什么你们两个就这样擅自决定了？楼简其实很想说我不需要。但不得不说，刚刚林展飞的话，让她动心了。

如果苏远认真教她的话，这次期中考试，她过关应该是没问题的吧。

一路只听到林展飞叽叽喳喳，苏远偶尔附和两句，楼简极少地出声打击林展飞几次，倒也意外地和谐。

与苏远道别，楼简终于松了口气，忽然意识到自己和苏远竟然约定好在每周一、三、五下午下课之后，去他办公室再单独复习，楼简突然觉得背上的大石头又重了一些。

看着林展飞哼着小曲，因为愉快的一天而转身回屋的时候，楼简突然鬼使神差地问了一句："展飞，嗯，你要是遇到一个有点讨厌，但老是在你眼前晃悠，你又干不掉他的人，你会怎么对他？"

这个问题似乎引起了林展飞的兴趣，他站在原地，摸着下巴似乎很认真地思考了一下这个问题。

"爱情！"林展飞突然说道。

"什么？"楼简以为自己突然头晕眼花耳鸣，听错了林展飞的话。

"爱情啊！如果对于仇人不能用武力解决的话，不如就用爱来融化他！说起来你还是个女孩子呢，你有没有看过言情小说啊？言情小说里面不是常常有这样的情节，努力让讨厌的人爱上你，然后狠狠甩掉他。"

"OK，OK！当我刚刚的话没说。"楼简被林展飞刚刚的话给恶心到了。

试想一下，她用爱来融化苏远？楼简摸了摸自己的胳膊，真是鸡皮疙瘩都出来了。

洗完澡放松自己，其实这一天过得还不错。

楼简打开电脑，顺手点开了QQ，闪烁着一个独一无二的卡通头像，是楼简的责编兼好基友喵喵。

喵喵算得上是楼简的伯乐。当年刚开始画画的楼简虽然一直在微博和LOFTER上传自己的画作，但是基本都被淹没在茫茫的画海中。她也不是出版圈子的人，一个穷学生，更不懂得如何去与人交际，所以不仅籍籍无名，甚至连和她一起画画交流的人都没有。

那时候是很细心的喵喵在微博里翻到了她的画，向她约稿，让她的画作第一次印在了书上，被人们所看到。拿到第一次的稿费，有了出版的经历，也就有了更多的编辑向她约稿，这是一个良性循环的过程。

之后楼简一直和喵喵保持联系，就算是偶然有一段时间很忙，无法供稿，再联系的时候，两个人都并不会生疏，这应该就是最好朋友之间的相处模式了。

喵里个喵：小楼楼，最近有没有什么新的大作啊？对了，前段时间你不是和我说，在准备一个原创漫画，出来的话，记得第一个给我看啊。哇咔咔，你的实力我是知道的，如果可以出版的话，我还是想让你在我这边出啊。

一栋简楼：唉，可别说了，我的原稿丢了。可能短期内……找不回来，也没有太大的精力和灵感。

提到这个楼简就心塞，虽说现在和苏远的关系有所缓和，但她还是不想低三下四地去找苏远要回自己的东西。

她后来凭着自己的记忆再去画，却觉得怎么样都没有那时候的感觉了。

喵里个喵：是吗？那还真是可惜啊，不过呢，我今天啊，是有件事要提醒你来的。

一栋简楼：嗯哼？

喵里个喵：我知道你懒得刷微博，所以肯定不知道，最近微博上面有好几家漫画公司都在举办比赛什么的，我看了，大多数条件都不错，参赛要求也放得很宽，条漫连载都可以。最最最关键的是，题材也很广泛，重口味、小清新，都可以啊！你反正平时也是要画画练手的，能不能赢也不是关键，画着玩玩呗，对人气提升也很有帮助呢。

喵喵提到的这件事，还真的引起了楼简的兴趣，原本国内漫画的市场很一般，但随着通信的发达，且画师们的水平渐渐提高，读者们已经越来越多地接触到高水平的原创漫画。

就算是无法出版成册，现在无数手机APP、漫画网站，都能展现出画手的作品，并且给他们带来很可观的经济收益。

一栋简楼：好的，谢谢喵喵，爱你么么哒！

喵里个喵：救命！！我们之间就不要这么假了好吗！让我完全受不了啊。么么哒么么哒！只要你好好的就行了，之前看了你的微博内容，我很担心你的状态啊。

喵喵说的“之前”正是楼简被恶整、赶稿等等很多事情凑在一起，加上她身体也不太舒服的时候，那时的她真的很烦躁，就在微博朋友圈里发了几条发泄的话，没想到平时那么忙的喵喵都注意到了。

一栋简楼：嗯嗯，早就没事了，谁每个月还没那么几天不顺啊！

喵里个喵：吼吼，你没事就好啦。对了，你今天好像心情很不错啊，是发生了什么好事吗？

一栋简楼：？？？并没有啊，我都没和你说几句话，你怎么感觉出来的？

喵里个喵：用我的鼻子，隔着屏幕嗅出来的！=00=

一栋简楼：你真是够了。

喵里个喵：嘿嘿，难道是碰到了生命中最最重要的那个白马王子？

一栋简楼：不是白马王子，是命中煞星。

喵里个喵：哦哦哦，我的天，这么说，还真的有？而且是相爱相杀？

一栋简楼：相杀是有，相爱还是算了吧。

两个人又侃了好一会儿才散，躺在床上的楼简开始考虑喵喵刚刚和她说的正事。

要准备什么样的题材故事来参赛呢？最近天天上学，脑子都木了，完全没有灵感啊！难道要画一个纯纯的校园爱情故事？

还是不了，她完全想不出有意思的事情，每天就是吃喝拉撒、上课、做作业！

灵感来源于生活啊，她的生活是什么？虽然她是个伪大学生，可是和大家并没有任何差别，也还是吃喝拉撒、上课、做作业，以及画画和斗苏远。

苏远，苏远……

哎？！这是个好题材啊！

楼简忽然从床上翻身而起，整个人都来了精神，苏远这个总是和她作对的小人，现实生活里她没办法和他战斗，最起码在漫画里，她可以像她上次画的那个Q版漫画一样，挥舞着小皮鞭，当一次女王啊！

要虐苏远，还要让他本色出演当一个渣渣，让所有的读者都讨厌他。

想到这里，楼简就更加地跃跃欲试起来，那这样的一个渣渣，配什么样的人才好呢，还要有点新意的题材。

不如就让那个讨厌的非近和他黑吃黑吧！变态人渣、斯文败类老师和唱歌走调、面目丑陋不敢见人的网络主播之间相爱相杀的故事。

她简直是天才！

有了最基本的人物设定，大纲设计起来就轻松了很多。

楼简这次的设计也很巧妙，她准备先完成一个条漫参赛，如果反响够好，这个故事还可以继续有后续；如果一般，也可以就此完结。

创作的热情来了，楼简几乎是连夜就画好了这张草稿。

第四章
深情表白，假的！

Hey, I kind of like you

就在楼简激情创作的时候，她遭遇了双重噩梦，考试和苏远的复习计划，悄然而至。

不知道为什么，苏远竟然对帮她辅导学业这件事特别热心，并表示出了极大的兴趣，有时候楼简甚至都会产生错觉，以为他们其实是很和谐的师生关系。

“这里怎么能用这个词？很明显的过去时态，明明是高中时候的课程，楼繁，你这个学校里的文科小状元，不至于犯这种低级错误吧？”苏远挑着眉，手里的笔轻轻地在她做错的那道英文题上点了个点。

楼简心里咯噔一下，如果说那些专业课程她还能假装平时上课没有好好听，所以完全不懂的话，英文这样从小学到大的课程，实在是很难掩盖住自己的真实水平。

但是苏远应该不会察觉到不对劲的地方吧，只是这么一点点细微之处，更何况她与楼繁长得几乎一模一样。

如此安慰自己，楼简终于又可以定下心来继续好好学习。

“这题也不对，逻辑，你忘了我刚刚才告诉过你？”苏远站在楼简的身后，直接弯下腰去，修长的手指在试题上轻轻叩了叩，“这种判断题，即便是给你开卷答题，不好好用用脑子，你也是无法判断正确的。”

楼简茫然地转过头去，望向苏远的侧脸，高挺的鼻梁与坚毅的下巴，一切都恰到好处，苏远的侧脸甚至比他的正脸还要吸引人。

“又在发呆？”苏远不自禁地皱眉，“你在想什么？”

题目不好懂或者反应慢，问一百遍、一千遍，他也会细心地去回答。可是他在讲题，她却走神，不知道魂魄飘去了哪里，这是苏远很讨厌的学生类型之一。

楼简手忙脚乱，怎么回事？！怎么、怎么……看着他的脸发起呆来了！

“我、我就是……还没弄懂。”她第一次在苏远面前显得如此狼狈，学习实在不是她的长项，甚至可以说是她的软肋。要知道，在这个世界上，比“别人家的孩子”更可怕的，就是你的兄弟姐妹，比你的兄弟姐妹更可怕的，就是你的双胞胎姐妹。已经不记得，是从什么时候开始，在学习上，她渐渐地就被楼繁给甩在了身后。

楼简感到无力，学习实在不是她的长项……

都怪这个讨厌的楼繁，怎么还不回来？！拿回她的这些乱七八糟的书啊！

楼简恨不能现在立马拿出一个数位板，画出一个盖世英雄，拯救她于水火之中。

苍天哪！

她不想像现在这样，整天对着ABCDEFG，XY，＋－……还有苏远这张讨厌的脸！

“又在分神！”苏远无奈地叹了一声，用笔轻轻敲了一下她的额头。

“唔……抱歉。”楼简摸摸自己被打的地方，转念赶紧将自己的注意力重新投入到学习之中。

楼繁只要一回来，她一定毫无留恋地就将这些东西全部推还给她，功课、考试，对，还有这个政治老师苏远！

不过……在此之前，她还是要努力考过这一次期中考，不喜欢……也没办法啊……

苏远看着重新埋头下去做题的楼简，不禁皱起了眉，不是因为楼简学习的速度太慢，而是在于她的学习方法和学习热情，完全不对劲。

他虽然不太了解楼繁以前的学习情况，可因为与她的交集奇特又多于其他学生，因此在他们班导师提到楼繁这两个字的时候，他自然而然地留意了更多关于她的信息。

所以苏远知道了楼繁的学习成绩之前一直都是市里前十，学校的文科状元，怎么到他手里，就好像变了个人似的……

变了个人。苏远因为自己的想法吓了一跳，这怎么可能？又不是在奇幻小说里，有易容术，还是灵魂穿越了？眼前这个楼繁和照片里的一模一样，绝不可能有假，问题只能出在她的学习激情与态度上。

“这题只要用点心，对你来说没问题。”

苏远言下之意，就是楼简没有用心，当然他的这句话本是应该对着学霸楼繁说的。

“老师，像你这种，什么都好，还是个富二代的，大概不会有什么困扰你的烦恼了吧？这样的生活，会不会非常无趣？”楼简咬着笔头，不知道怎么，突然想到了这个问题，不自禁地问出了口。

“啧啧，你错了。”苏远摇摇头，“我可不是什么都好，你太高看我了。至少有一件事，我从小到大算是没什么天赋，那就是唱歌。”

“真的？”

楼简万万没想到苏远竟然会主动暴露自己的弱点。

苏远耸耸肩：“别人是五音不全，我大概是五音只有0.5个音，唱什么歌都是一个调调。”

楼简不怀好意地笑了笑：“要不你唱两句给我听听，我看

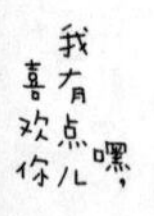

看你是不是还有救？”

“你想听？”苏远微微挑眉。

楼简点头如捣蒜。

“真那么想听？”苏远眉头挑得更高了一些。

他凑近到楼简的脸旁，轻笑一声：“那就满足你这个小小的心愿咯。”

“你大概只是想看我的笑话。”苏远指指她，却没有拒绝，清了清嗓子还不忘提醒一句，“禁止录音！”

楼简在苏远开唱之后就后悔了，为什么她会对苏远提出这个要求，真的是太失策了，让他唱歌简直不是在羞辱他，而是在折磨听歌的人啊！

苏远一曲还未唱完就被楼简叫了停，关键是他自己还挺陶醉的。

“我真是服了你了，原来真的有人唱歌，不是走调，也不是没有调，而是……都一个调啊！”楼简转了转眼珠，忽然想到了什么。

“很难听吧。”苏远哈哈一笑，并不太在意，“能当一个你听过的人中，唱歌最难听的，从某种意义上来说，嗯，我也是第一了。”

“不不不，你不是最难听的。”楼简想到了1号直播间的那个非近，两个人实在是半斤对八两，仔细一想，好像连走调的方式都是那么相近，“还有和你旗鼓相当的，不，可能是比你还难听的，因为他有伴奏的衬托。”

“是吗？那我下次可要会会他……好吧，放松之后，我们把注意力再收回到学习上来吧，可爱的楼同学。刚刚老师给你的特别福利，可是要用条件来换的。”

楼简觉得自己有些不好的预感，眼睛瞥着苏远。

“调戏老师，可是要付出代价的。”苏远坏笑着轻轻敲了一下她的脑袋。

这个狷狂魅惑的笑容！大概代表着……

“这篇英文课文，明天我要抽背哦。”说这句话的时候，拜托苏远大魔王你不要做出这么天真无邪的表情来啊！

如果说之前听了苏远的课，承认他是个可以将无聊课程变得有趣的老师，那么现在被苏远辅导，楼简就再次承认了苏远在专业课上的教学实力。

哪怕是她这样的学渣，在苏远的指点之下，也弄懂了很多学科的基础知识，再加上苏远毫不吝啬地给她画了很多重点，圈了范围。

苏远是个好老师，说到做到，答应了要帮她补习便没有敷衍她，虽然之前很没品地滥用私权惩罚她，可这也不能抹灭了他是个很有实力的老师这个事实。

楼简觉得自己突然不再惧怕期中考试了，虽然不可能考个全班第一，但最起码考过是没有问题了。

这将会是一种成就感，在自己努力过后，成功的感觉，还是蛮不错的嘛。

所以拿到卷子开考的楼简并不太紧张，她更没有想到，在这之后，将会发生一件大事，嗯，准确来说，是与她、与苏远有关的大事。

期中考试的成绩出得很快，苏远拿到楼简的成绩单，在欣慰的同时，又想起了自己之前的疑惑。

说他是出于好奇心还是疑神疑鬼都好，这几年来的教学经历不会欺骗他，一个学生会突然变得不爱学习，但过去有的良好学习习惯，绝对不会突然改变。苏远觉得事情似乎并没有他想象中的那么简单，还有很多细节，现在需要一个东西来串起来。

翻开楼繁的档案，苏远看到照片上的楼繁和他接触的人没有太大的差别，只是不知道是不是拍摄的问题，一寸照片里的楼繁眼里满含着精明的神色，是那种叫人一看就觉得是好学生的样子。而他身边的这个，则是呆呆的，偶尔张牙舞爪，耗尽力气却伤不了任何人，还让人觉得她真是可爱。

苏远继续往下看，家庭成员，父母，还有一个……双胞胎的妹妹！他好像抓到了事情的重点。

苏远站在原地，先是微蹙眉头思考着什么，很快唇角便挂上了一个狡黠的笑容。他将楼繁的个人档案放回了原处。

“考试科目我大多数都过了，有两科发挥失常，不过都是接近及格的边缘，补考我肯定过！”楼简兴奋地在苏远面前炫耀，接着有些不好意思地说，“那什么……为了感谢苏老师你对我的指导，我请你吃大餐啊！”

“你能请我吃什么大餐？”苏远垂眼看她。

“别小看我！我可是有稿费的人，只要不是那种夸张的，一个菜万八千的餐厅，别的随你挑！”楼简豪气万丈地拍了拍胸脯，信誓旦旦。

“稿费，是你画画挣来的？”

“呃……是啊，这……这就是我的那个兼职。”楼简小心翼翼地说道，心想应该不会泄漏吧，现在会画画的人那么多，他不会无聊到去调查一下楼繁究竟是不是会画画。

可苏远就是个会无聊到去查她们档案的人！不过，彼时的楼简尚不知情。

“行吧，一起去吃个晚饭，然后……我也有点事情想要和你单独、认真、严肃地聊一聊。”

看到苏远的表情竟然很认真，楼简心里有点忐忑，她摸不准苏远到底有什么能够与自己“单独、认真、严肃”地聊一聊的。因此，这顿饭，楼简吃得相当忐忑。

好在苏远没有再表现出什么异样，就在楼简以为只是自己多想的时候，苏远突然开了口。

“楼繁。”苏远勾起唇角，终于直奔主题，“你和你妹妹的关系应该很好吧？”

楼简觉得自己快要眩晕过去了，她能不能再次假装晕倒逃过这劫？苏远他为什么提出“妹妹”这样的问题，是不是他知道了什么？

“我、我……我妹妹……怎么了？”楼简非常非常不擅长说谎，特别是再对上苏远这样精明的人。只一个眼神，就可以让她无所遁形。

“你到底叫什么名字？”苏远不紧不慢地拿起桌上的茶水，喝了一口。

“什么，苏老师你什么意思？我我我……我叫楼繁啊！你……又不是第一天认识我啊！”

苏远为什么突然问这个奇怪的问题？难道……他看出什么来了？！

可就算是有怀疑，在看了自己和楼繁一模一样的照片之后也应该打消顾虑啊！

都是她自己太大意了，从一开始就不应该和苏远有太多的接触，他这么聪明的人，不仅会看出自己的不对劲，而且自己也完全斗不过他啊。

“我是问你，你自己的名字，楼什么？”苏远步步紧逼。

“我……”自己要承认吗？也许苏远只是故意在激自己，对啊，他没有实质上的证据，怎么能说自己就是楼简而不是楼繁呢！这时候如果自己承认，不等于是撞枪口上了吗！自己才没那么傻呢！

“不用怀疑，你的成绩就是很大的破绽，还有平时的言行。”苏远勾勾唇角，“还是你不信我有这个能力，查出你的身份究竟是什么？”

“我……我就是……楼繁啊……我以为上大学轻松了，就削减了学习的热情……”楼简努力告诉自己镇定镇定！绝对不能自乱阵脚。

“好吧，看来你不说，就是让我猜咯？”苏远勾起唇角，很帅，却带着一抹坏坏的痞气。

“老师！我真的……”

“有繁必有简……你的名字，会不会是楼简？”苏远目光紧盯着楼简，托着下巴，轻笑着猜测。

楼简因为苏远准确的猜测而变得慌乱了起来，无法再努力故作镇定。

“我……”可有那么一瞬间，她突然就放松了下来，不用再这样整天提心吊胆，还要面对这样一个……难搞定的对手。

楼简也不管以后会面对什么样的事情，干脆将事情对苏远和盘托出，反正她已经尽力了：“楼繁失踪了，不，准确地来说，应该是莫名其妙地离家出走了。因为临近开学，做什么都来不及，为了保住她的学籍，爸妈就让我先代替她，本来以为她头脑发热，只是出去玩几天……谁知道……喏，就是你现在看到的状况，到现在我们也没找到她。”

虽然已经有所猜测，但这么戏剧化的情节，还是令苏远有些哭笑不得。

“楼简。”苏远抿着唇，嘴里轻轻念着这个名字。

是的，他知道了她的事情，结果只有两种：一、她被揭发，赶出学校，楼繁也被退学；二、她的事情被保密，但……苏远绝对不会这么轻易地放过她，她很可能就此被苏远要挟。

“苏老师，求你。”这是楼简此刻唯一能做的事情，就是服软哀求苏远，求他不要将这件事情说出去。

“这怎么可以？这可是一个很恶劣的欺骗行为。”苏远做出为难的表情，好像真的在纠结该不该将这件事公布于众。

其实楼简清楚，他心里早就有了盘算，盘算好了要怎么对付她，是把她交出去，还是威胁她，他就好像一只狡猾的大猫，逗弄着她这只可怜兮兮的小耗子。

苏远这种有恃无恐的样子，是真的很叫人讨厌啊！

要怎么对付一个自己讨厌，却又干不掉他的人？

楼简的脑子里忽然冒出这样的问题，紧接着是林展飞那个无厘头的回答——让他爱上你啊。

原本这个提议，是个无稽之谈，楼简更觉得玩弄感情有些可耻。

但，之前说的都是废话，楼简承认自己非常想看到苏远惊讶无措的样子。

这是她最好的反击机会！

凭什么总是他有恃无恐地玩弄自己？哼哼！

不成功就……就耍赖！

“苏老师！”楼简突然伸出手来，紧紧地抱住苏远的胳膊，她深吸一口气用自己都惊讶的诚挚口吻说道，“苏老师，苏老师求求你不要把我从你身边赶走，我……我我……我只是喜欢你啊！”

果然不出楼简所料。

她说出这句话之后，苏远就愣住了。

这时候楼简自然是要添砖加瓦，添油加醋，给予苏远更沉重的打击了！

之前她觉得自己真的是太不善于撒谎了，但此刻！

楼简从来没觉得自己这么具有表演天赋过！

“我……我只喜欢一个人……”她抬起头来，闪烁着一双水汪汪的大眼睛，盯着苏远。

苏远险些就被这么一双闪烁着真诚爱意的黑色瞳仁会心一击，但他苏远是谁？如果轻易就这样被迷惑，那可不符合他声名在外“腹黑老师”的称号。

“楼同学，我们现在是在谈很严肃的问题。”苏远板起面孔，伸手扶正楼简，让她坐直了身体。

“啊，这这这……学生的感情问题，也是很严肃的问题啊！”楼简虽然有些摄于苏远的威严，但这毕竟不是在学校。

“好啊，那……我们就来谈谈，学生的感、情、问、题、吧！”苏远故意将声音压低，一字一顿地说出最后几个字。

苏远的声音很是好听，再加上这么刻意变化音量，仿若他的声音带着不一般的振动频率，通过空气，一点一点地传到人的心里。

放松了严肃的表情，苏远稍一挑眉，凑近到楼简的耳畔，伸手摸了摸她毛茸茸的脑袋，似乎已经想出了对付面前这古灵精怪小丫头的方法。

“嗯？”楼简心里还是忐忑的，和苏远“交手”，除了第一次的偷袭，她可从来没有胜利的记录。

“现在请向老师倾诉你的心事。老师会完美地帮你解决，如果……你没有这方面的问题，那我们就谈一下，你代替姐姐读大学……”

“别！我……我有感情问题啊，就是，之前对你说的那句话。”楼简脸微微泛红，虽然是假的告白，但那样的话，反复说了两遍，还是有些再难说出口的。

“之前说的？哦……就是喜欢我的事情？”对于被告白什么的，苏远早已习以为常，却不知道为什么，看到楼简努力想要耍心机的小脸，就忍不住想要调戏她一下，“那是从什么时候开始，又是为什么喜欢我呢？”

苏远故意几次强调“喜欢”两个字，说得楼简脸上越来越火热，却还要强忍着羞涩，编造出连自己都快信了的谎言。

“我……我是在、在第一眼，看到苏老师你的时候，就喜欢上了你。所以才会做出那么莽撞的事情。”

“原来你当时做了那么多事情，都是因为要引起我的注意？”苏远轻笑一声。

楼简有些摸不准，他是看出了自己此刻是在撒谎，嘲笑自己，还是嘲笑自己当时的举动。

“很好笑吗？”

“原因呢？你还没说呢。”苏远不急不慢，像是在与楼简聊家常一般。

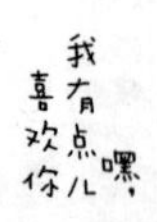

楼简攥了攥拳，感觉到了："因为苏远老师你，博学多金，关键是……有颜值！"

"好啊，那我接受了。"苏远的声音慵懒。

"哦，哎？！"楼简瞪大了眼睛，有些不可置信，"你你你……你接受了……什么？"

"接受了你啊！"这是苏远刚刚一瞬间做出的决定。

第五章
接受表白，够了！

Hey, I kind of like you

苏远轻轻松松的一句话，一瞬间却像是一颗威力强大的核弹投向了楼简，她的心头，蹿起了一朵巨大的蘑菇云。

等等等等！

这和说好的不太一样啊！

楼简清晰地记得当初苏远是怎么毒舌追求者的。

因此，她的剧本本来应该是……这样的——

眼含泪光、闪烁着一双希冀眼神的楼简："苏远老师，我喜欢你！"

冷酷无情、非常不屑、毫不在意的苏远："对不起，我并不喜欢你。"

忍住哭泣，感觉受伤的楼简："既然这样……你虽然拒绝了我，但能不能答应让我继续留在学校，我以后不会再来骚扰你，只想看到苏老师上课，仅仅是这样而已！"

虽然讨厌，但身为老师的苏远非常无奈的样子："那你就留下吧。"

目的达成！这个计划，简直堪称完美！

可为什么事情没有按照她脑补的这样发展下去啊！

楼简觉得自己有点慌，于是小心翼翼地开声问道："苏老师说的接受我是……"

"你不是向我告白吗？我接受了你啊！难道，你现在不应该开心才对吗？"苏远说着，单眼眨了眨，向她抛出一记媚眼。

你真是够了！

这种时候，散发什么具有魅力的荷尔蒙啊！她才不会轻易就被美貌所迷惑！

楼简深吸一口气，笑着说道："老师之前不是和我说过，不会和自己的学生……"

“你叫楼简，学校的档案里，我不记得有这么一号人了。”苏远唇角勾起，表情得意。

楼简一时语塞。

真是糟糕的状况，苏远这么一副狡黠的样子，就是在看她的好戏，让她进退两难。

如果承认自己胡说八道，并不是喜欢他，那就是用谎言来弥补谎言，罪上加罪；如果承认自己喜欢苏远……

难道自己真的要和苏远……

“老师，真的答应……要和我交往？”楼简努力挤出一个笑容，做出开心的表情来。

“当然！”苏远温柔地微笑着，伸出手指轻轻地点了楼简的鼻子。

这种虽然被宠溺，但毛骨悚然的感觉！是怎么回事？！

“从今天开始，我们可就是要互相保持真诚的情侣了哦。”苏远心里觉得好笑，自己怎么突然也变得这么幼稚，和一个小姑娘玩起这样的心机。

不，说心机也谈不上，不过是个无伤大雅的小玩笑。

其实，苏远从一开始，并没有要将她的身份公布于众的意思。

“也就是说，我可以继续在学校里上学？你不会……”楼简眨眨眼，忽然反应了过来。

事情的过程没有如她所料，但……

结果似乎都是一样的啊！

她不用离开师大了！

“谢谢你，苏远老师！”楼简突然又兴奋了起来，想到这个答案，一贯在她眼里不怎么顺眼的苏远，竟然也变得没那么讨厌了。

“现在不是在学校，你不可以再叫老师，以我们现在这个关系，以后多不好对吧？”苏远摸了摸下巴，又露出了他平时那副花花公子的模样，“应该叫……亲爱的才对。”

“我拒绝！”楼简终于忍不住做出嫌弃脸，鸡皮疙瘩掉一地，肉麻地摸了摸自己的胳膊。

“这么看来……你似乎并不是很喜欢老师啊。”苏远眼神一勾，楼简立马正经了起来。

“老……苏……苏远，人家害羞嘛。”楼简捂着脸，觉得自己回去之后，大概有几天都要被自己恶心得吃不下饭了。

“既然害羞就不勉强了，老苏什么的就算了，叫名字就好。”苏远帅气地伸手，做出一个揽住楼简肩膀的动作。

楼简只觉得肩上一沉，心道糟糕。

未来的日子，楼繁只要不回来，是不是，她都要一直过着这样被人欺压的日子了？！

话虽这么说，但这一劫楼简就这么浑浑噩噩地逃过去了，她这才长舒了一口气。

苏远是想要将自己玩弄于股掌之间，楼简无比确定这件事，可有什么办法呢，寄人篱下，她只能忍气吞声了！

本来已经做好了被苏远再次蹂躏的准备，她却安稳地度过了几个星期，并且成功通过补考。

这不对劲！

绝对有阴谋！

楼简一边给她之前画好的条漫勾线上色，一边思索着，下一次苏远会再给她提出什么难题呢？

条漫完工，她将每格漫画里的文字都仔细核对了一遍，稍微别扭的地方重新画了一下。

她在画的图，正是她之前构思的那个BL梗。

楼简想着苏远的脸，将他漫画化。

电脑上……是两个奇葩美男的第一次亲密接触！

渣男老师很有个性，阴险狡诈，满肚子的黑水，完美地诠释了什么叫作披着人皮的狐狸！

相较之下，男主播的性格特征就要弱了一些，可这个并没有关系，免得两个人的性格都太露锋芒，以至于没有侧重点。

但也不必担心男主播没有人气。

楼简刻意将走调大神男主播的脸模糊化，隐藏在面具之下，增添了神秘感，比如日漫《火影忍者》中最有人气的蒙面角色旗木卡卡西，正因这份神秘感与帅气的身手，虏获了大批粉丝的芳心！

毕竟是要参赛的图，因此楼简很仔细地将画面色彩各个方面都检查了一遍，没有问题，便带上参赛话题与她为这幅条漫起的名字《远近》，发布了出去。

一般发了一张新画，就会隔几分钟忍不住刷新一下，看多了些什么评论、转发了多少、获得了多少个赞。

只是楼简还没来得及多刷新两下进行回复，手机就在口袋里不停地振动了起来。

“在做什么？”

楼简稍愣了一下，有些奇怪地问：“您，是谁？”

“你的男朋友啊。昨天早上的思修课刚刚见过面，这么快就忘了我？”那边的声音慵懒动听，带着几分笑意揶揄她。

“苏……苏远！”楼简立马正襟危坐，手忙脚乱，不知该做出什么样的表情才好。

“明天有没有时间？”苏远直截了当，进入主题。

“嗯？”楼简满脸的不情愿，“又要补课啊？”

关键是……

不想看你那张为人师表却禽兽不如的脸啊！

“补什么课，当然是……约、会！”电话那头传来苏远轻巧的声音。

楼简只觉得头皮发麻：“苏老师……”

苏远算是找出了楼简的规律，哼哼唧唧、软软糯糯地叫一声“苏老师”，就是一种变相的撒娇。

“这种时候，我只会把你叫我苏老师，当成是一种情侣之间的小情趣。”苏远笑意盈盈地坚持，“我们约会！”

“咳……那什么，苏远，我……我还有很多稿子要赶呢，这两天大概都没空了。”楼简努力搪塞。

“我们不是刚刚才开始恋爱？”苏远叹息一声，“还是说……之前你说的那些喜欢我什么的，都只是敷衍我，为了不让我说出你的秘密的……一个谎言。”

苏远你真是够了！拜托你不要演怨妇行不行！而且……恭喜你答对了！就是为了敷衍你，堵住你嘴巴的谎话！

楼简在心中咆哮，当然，也只敢在心里。

“哈哈……那个……”楼简吸了吸鼻子，半天也没能说出个所以然来，她开始有些不确定，苏远是知道自己不喜欢他，故意这样整蛊自己，还是真的以为自己也是那些被他的个人魅力迷倒的花痴女？

“好吧，既然楼简你这么忙，我们的约会就延期好了，不过我有个要求。”苏远轻笑，“每晚要发一条充满爱意的短信。对了，记得要加萌萌的颜文字哦。”

“喂，你……”不等楼简拒绝，电话便从那边挂断。

才不会理你！楼简将手机扔到一旁，直接挺尸，进入她的梦乡。

苏远挂上电话，笑意不禁在脸上扩散。

“苏远，偷偷摸摸对着电话笑，恋爱了？怎么不和哥哥汇报，难道是自暴自弃，让我猜猜……她是虎背熊腰，还是尖嘴猴腮，脑满肠肥？”苏木勾着唇角，搭上苏远的肩膀，“没关系，哥哥不会介意的，不管怎么样也是弟媳。”

“只准你在我面前秀恩爱，不准我另寻新欢？”苏远推开苏木的手，拍拍自己的肩膀，“凭我苏远的魅力……放心好了，我才不会在一棵歪脖子树上吊死！”

“苏远！你说谁是歪脖子树啊？！”屋子里传出一个活泼的女声，对着正在闲聊的两个人叫道，“你们俩！快来帮我试吃新菜！”

苏木不再理会，扔下苏远一个人站在阳台上。

苏远暗念一声“见色忘弟”，接着无奈笑了笑，展开新的恋情，哪有想象中的容易？

新恋情？想到这里，他不禁打了个寒战。

因为前一天的奋斗，楼简一觉睡到天亮，是被手机短信铃声惊醒。

“没有收到晚安短信，真是叫人伤心。既然你这么不情不愿，老师决定好好给你补一补课。”

楼简看到苏远的这条信息，第一想法就是拉黑。

从一开始她就和苏远不对盘，两个人针尖对麦芒。

现在更严重了，被他抓到把柄！

苏远就是个睚眦必报的小人！

看，最近的紧迫盯人，绝对不是因为什么满满的爱意，想必发这条短信的时候，他已经笑开了花吧。

楼简决定无视，揉了揉迷蒙的双眼，点开微博，一瞬间右上角跳出来的提示真的是……将她彻底惊呆！

这才第一天，新发的漫画就已经带来了这么高的人气。

上万的转发！两千评论！新粉丝也增长了几千！还有之前因为没什么人气的作品，也被一些喜欢她画风的读者从她以前发表的微博中挖了出来。

楼简的绘画作品确实很精美，但现如今画手泛滥，厉害的大神级别人物也是层出不穷，因为家庭条件越来越好，画手也越来越低龄化，竞争力可见一斑，而她能从中脱颖而出，正是因为她独特的画风。

楼简的画，以干净连贯的线条为主，散却不乱，人物身材修长，表情动作都有自己的独特之处，尤其是美少年，各有姿态，妖娆、魅惑、英朗、健气，款款都戳少女心。

门外突然传来咚咚的敲门声。

林展飞在外面低声叫道：“楼简，楼简，快出来！”

“什么事啊？”楼简打了个呵欠，眨眨眼，还没来得及好好看微博上大家给她的评论，就推门走了出去。

她还没来得及开口，便愣在了客厅。

苏远一身淡蓝色休闲装，头发松散，不似平日里在学校时的一丝不苟的成熟，额前一缕碎发，显得整个人更阳光了一些。他慵懒地靠坐在沙发上，脸上带着一些痞气的笑，确实时时刻刻散发着荷尔蒙。

要是被余薇薇这样的花痴同学看到，估计又要眼冒桃心大声尖叫了。

反观自己……

踩着兔耳拖鞋，穿着带着尾巴的连体睡衣，胸前印着最近喜欢的卡通人物，乱糟糟的头发，甚至没来得及洗脸！

楼简猛地扎进卫生间，洗漱整理完毕，又迅速钻回房间，找出一套正常的衣服来换好。

进行以上动作的时候，楼简还在心里暗暗吐槽林展飞——有没有眼色！竟然就这样放苏远进门了！让她出了个大糗！

“你来干什么？”楼简闷闷地走过去。

苏远笑了笑，示意她坐到自己的身边：“不是说好，要来给楼同学补个课？”

“不用您老费心了……今天是休息日。”

“这么不想和我在一起？难道……你已经忘了我们现在是……”苏远的话还未说完，楼简直接一个鱼跃，扑了过去。

她两只手狠狠捂住他的嘴巴，恨不得以眼神杀死他，咬着牙根道：“不是说好了，在外不！公！开！”

“苏师兄，我给你倒了……一……杯……咖……啡……”

林展飞手里端着刚泡好的咖啡，从厨房走出来的时候，便见到这么一番让人脸红心跳的劲爆场面。

现在是什么状况？！

苏远被楼简整个人扑倒，无奈地仰躺在沙发上，双手张开，还被楼简白皙的双手捂住唇。

林展飞赶紧将咖啡放下转身："你们继续，继续，就当我没来过。"

楼简赶忙从苏远的身上爬起来，现在她唯一想做的就是把这杯咖啡直接倒在苏远的身上泄愤。

"林展飞，站住！"楼简冲着苏远使了个小眼神，用口型严厉地说，"说清楚！"

苏远无辜地耸耸肩，重新坐正了身体："展飞啊，过来吧，我要跟你澄清一下。"

楼简松了口气的同时，就听到苏远说道："虽然我和楼简确实是你想的那种关系，可我们真的没有做你想的那种事情。"

"苏！远！"楼简咬牙切齿，张牙舞爪地扑上去。

"好了，好了。别闹。"苏远一只手拉住楼简，另一只手从口袋里掏出两张票，在她的眼前晃了晃。

楼简一开始还准备继续找他算账，突然看到两张票在自己眼前闪现了这么一下，身子怔住。

"是Color的创意画展！"这画展虽然不太出名，但非常有意思，脑洞奇大，楼简非常感兴趣，可因为是全球巡回，以及展出品都非常珍贵，所以对客流量的限制也比较大，人一少，自然票价就高。

就算楼简舍得，也不一定能抢到，思来想去，虽然是真的很想去，但楼简还是放弃了这次的创意画展，没想到……苏远竟然弄到了票！

"你怎么会有这个？看不出你和艺术有什么交集啊！"楼

简眨眨眼，奇怪地问。

“你不也知道，苏老师我英俊多金，更何况你都能和艺术有交集，我怎么不能有？”苏远笑了笑，“是别人送的，刚好有两张，明天就过期了，所以昨天问你约不约会，你竟然拒绝，我只能亲自上门咯。”

“你不早和我说是这个！”楼简停顿了一下，改变了语气，“那……那就……谢谢你。”

苏远是特地给她送票来的，虽然又故意说出那样的话来逗她，可楼简对他的好感还是上升了好几分。

“谢什么。”苏远伸手，轻轻揉了揉她的脑袋，看她从奓毛的猫咪又变成了一只温顺有些羞涩的小白兔，觉得这样的楼简很有意思，“感谢我的话，就乖乖当好我的小女朋友。”

这话一出口，又将楼简点得有些奓毛。

林展飞捂住双眼，做出痛心疾首的表情说：“闪瞎了我狗眼，受不了秀恩爱，你们拿着票，速速离去！”

楼简是真的没有想到苏远和自己的约会是这个内容，如果早知道，她才不会拒绝呢！

两个人走在展会厅内，因为控制了人流量，所以展馆里的人并不多，对于欣赏体验感也非常好。

更令楼简没有想到的是，苏远说是陪同她一起，原本以为他一个不正经的政治老师会对于这些一窍不通，谁知道当她提到一些名家名作的时候，他竟也能说出个一二来。

楼简瞬间对他刮目相看，果然之前曾经听说过，这个苏远其实是个全才，倒也不是没有由来的。

“我的梦想，就是今后也要开这样的画展！”逛完整个展馆，楼简忍不住发出这样的感慨。

“画漫画？”苏远带着笑意，揶揄她。

“怎么？你敢小看漫画家！”楼简盯着苏远的脸，认真的表情，叫苏远不自觉地愣住。

有人说过，认真的男人最帅，那么有没有人说过，认真的女孩子，也有着非同一般的吸引力呢？

“你笑话也没关系。”楼简走近苏远，扬起下巴来，不服输地望着他，“我就要用漫画，完成我现在的梦想，我不在乎你的眼光，我要让你看看，这个世界上，没有什么是不可能的。”

只要努力，自己的理想，就一定会实现。

苏远有瞬间的恍惚，心脏忽然就被她看似普通的言语轻轻地撩动了一下，他下意识地伸出手来握住楼简的手腕，往前一步，另一只手扣住她的下巴，低下头，柔软的唇瓣就这么不经意地触碰。

“唔……”楼简慌忙避开，水汪汪的眸子惊愕地瞪大，双手捂住自己的唇，反应过来之后，脸涨得通红。

她……她刚刚……

是不是被苏远……强吻了？

初吻！

这可是她的初吻！

从羞赧与惊讶中恢复了过来，楼简顾不得什么形象，冲上去就狠狠给了苏远一脚。

苏远张了张口，刚想道歉，忽然又觉得好笑，与其认真说对不起，不如当作是个玩笑，两个人反倒不会尴尬。

至于刚刚为什么会情不自禁地做出这样的事情，苏远只是无奈一笑，并没有多想。

“我们难道不是恋人吗？”苏远双手插兜，缓缓走过去，“好吧，没有先征求你的意见，算是我不对，但你既然喜欢我，就要原谅我的情不自禁啊。”

喂喂喂！

总是把“你喜欢我”这样的话挂在嘴边，就是时不时地提醒她，她自己的身份，这算不算是变相的威胁！

还有情不自禁什么的……

她才不会相信苏远这个花心大萝卜！

看着楼简气鼓鼓的小脸，苏远觉得好笑，只能投降：“这样吧，为了得到可爱小女友的原谅，我答应你，可以满足你一个要求好吗？”

嗯？！

这算是他道歉了？

楼简擦了擦自己的唇，虽然苏远这个人有点讨厌，但一贯还是说话算话，倒是值得相信，握住他一个把柄，也是好的啊。

楼简勉强原谅了苏远刚刚突兀的一个小举动，差不多也到了饭点。

苏远带着楼简来到一家特别的欧式餐厅，食物倒是一般，但墙上挂着的欧风油画以及店里从欧洲原装进口的每一个装饰品，甚至是桌椅茶杯、调味瓶，都有着非凡的工艺。

这个人，还真是抓住了她所有的死穴！

漫画中的素材，除了在网上可以搜索到之外，很多特别的东西，都是需要画手自己去采风的，看到这样的装饰，楼简眼前一亮！

吃饭之前，楼简就偷偷拿着手机将自己喜欢的餐桌与椅子

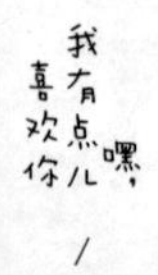

以及台灯的造型拍了个遍。

看她毫不自觉地做出可爱的小动作，苏远也只是坐在一旁，一只手臂的手肘撑着椅子的扶手，指尖轻轻托着下巴。

他已经感受到了，楼简所说的努力，不仅仅是强硬地，为了实现目标逼迫自己做这些，而是她真的心甘情愿，热爱这件事，即便是从生活的小细节中都能感受得到，她的那份冲劲。

苏远忽然想到了一个人，情不自禁地笑了起来，原来，女孩子们对于梦想，也是如此执着。

两个人面对面坐着，楼简毫不客气地吃，也没有想到抬头对苏远说些什么。

倒是苏远，吃完了，拿起纸巾擦了擦嘴，半带笑意，对着面前的脑袋说道："刚刚看你对楼梯转角的那幅金丝雀很感兴趣，可以带回去留作纪念。"

楼简眨了眨黝黑的大眼睛，脸上写满了"真的假的？"这句话。

"真的假的？虽然我对油画不算是很懂，但也看得出这手笔，肯定是近代名家的作品吧……"

"什么近代名家。"苏远笑了笑，"就是餐厅的赠品罢了，来这里吃一顿倒是真的不便宜。来用餐的，超过一定金额，就可以带走一件纪念品。"

"唔……真的呀？"楼简用天真可爱的表情望着苏远，一副相信了的样子。

当然是骗你的，笨蛋。苏远心里这样想着，表面上却点点头："千真万确，如假包换。"

楼简想了想也对，苏远没理由真的讨她欢心……不过……今天请她的这顿饭，大概也要出不少血，虽说他是含着金汤匙出生的公子哥，但大学讲师的钱也没有多少吧，如果和工资比例算一下的话……也算是宰他一顿啦！

成功拿到“金丝雀”的楼简笑开了，像是个吃到了糖果，心满意足的小孩子。

她决定，后天更新条漫的时候，把苏远的角色讨人厌的程度再降低那么一点点，让人喜欢的萌点，再加那么一点点。

“为什么那么多画，你偏偏选中了它？”苏远有些好奇地问她。

楼简顿了一下，将画摊开在苏远的面前：“哪，你不觉得它很像我吗？它的眼神有些迷惘，却又很坚定地望着一个方向。就像现在的我，对未来很迷惑，也很不安，但是……却很明白自己想要什么！”

楼简说完之后，苏远就这么一直望着她。

楼简有些许不自然，摸了摸脸：“怎么了吗？我……我脸上有什么？”

苏远忽然笑出声来：“你这是给自己脸上贴金，说自己是只金丝雀啊？我看……你最多是只小麻雀。”

“我是麻雀，那你是什么？”楼简哼了一声，“你是猫头鹰吗？”

“你不觉得我更像一只专吃小麻雀的猎鹰？”苏远不怀好意地靠近她，低声笑道。

楼简望着苏远猛地靠近的俊脸，忽然觉得双颊有着莫名的燥热，深吸一口气，露出嫌弃的表情：“得了禽流感的秃鹰？”

“原来我在你的心目中就是这样的？”苏远做出失望的表情，接着说道，“都说情人眼里出西施，你这只小麻雀不管怎么

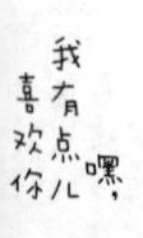

样在我眼里都是一只漂亮的金丝雀，那我呢？能不能……在你的心里的形象，稍微有点改变呢？”

又调戏她！他的形象当然很好，高大帅气、情商高、智商高，俘虏了一众少年少女，拜倒在了他的西装裤下，让人心动心跳，欲罢不能！

“我们这样的……关系……”楼简实际上是想问他们的恋情什么时候可以结束，却又不知道为什么，突然说不出口……

大概是因为今晚气氛太好，让人不忍说出扫兴的话。

楼简的手垂在身侧，用力攥了攥，反正……

一定要找机会和苏远说清楚，他们大概是世界上最奇怪的情侣了，郎无情妾无意，身份没有交集，一个是装模作样的假正经的政治老师，一个是代替姐姐来上学的伪大学生。

还是早点说Byebye吧！

“怎么了？我们的关系很融洽啊！”苏远伸手，揉了揉楼简顺滑柔软的发丝。

唔……

是挺融洽的，如果你不要这样摸我的脑袋的话。

看在金丝雀的面子上，楼简决定不与他计较了。

努力扮演二十四孝男朋友的苏远老师，尽职尽责地将楼简送到了家门口。

“那，今天还是谢谢你了。”说到底，今天算得上是愉快的一天，楼简努力对他露出笑容。

“这就走了？”苏远站在车旁，竟没有要离开的意思。

“？”楼简眨眨眼，一副傻傻不清楚的表情，这是……要干吗？

“离别之吻啊！”苏远微笑着伸手，点了点自己的唇瓣，示意了一下。

楼简脑内的小人已经摆出了掀桌的表情，你真是够了！早安吻、晚安吻、离别吻！还有什么什么吻！

“我觉得呢……爱情应该是由内而外，发自内心的，我们连心灵的碰撞都不够呢，身体上的就更不要在意那么多细节了。吻什么的，还是先放一放吧好不好？结束了，就这样，再见！”毫不喘气地说完，楼简转身就逃走。

苏远愣了一下，抿着唇双肩微微地颤动了一下，脸上笑意更深。

如果不是还顾及他一贯保持的风流佳公子的形象，可能早就被她刚刚一连串的行为逗得大笑了起来。

这小丫头可比他的那些花痴学生和爱慕者可爱多了，真是叫他捡了个宝。

楼简一边红着脸回到了家，一边在心中暗暗地唾弃苏远这样拿她当作玩具的恶劣行为，却很快在她打开电脑之后，就统统忘记了。

因为她发现自己的条漫转发量，比之前多了好几倍。

@萝莉不乖：求下文！！！

@西雨：太有趣了！！

@吱吱：23333！

@一只欢乐的花娘：发现新腐条漫。

@阮绵绵啊软绵绵：喜欢远老师！

@林盏keo：小近真是太太太萌！

@画渣努力学画中：画风大赞！追了！

@再买手办就剁手：什么时候再更新啊！！

一连串叫好的评论，也令楼简热血沸腾。

谁不想自己创作出来的东西被众人所认可，谁不想画出的画受欢迎，任何人都不能免俗。

尽管大家总是说，自己喜欢的事情，只要用心做到无愧自己便好，但如果能得到别人的鼓励，当然是更让人有干劲了！

于是趁着这股劲儿，楼简开始了下一张条漫的制作。

将手绘板连接在电脑上，楼简这时候看到了手边的画，这才想起，先将它摆放好，她稍微研究了一下，决定将小金丝雀放在办公桌的斜上方，这样，不论是在画画还是躺在床上的时候，她都可以看到这幅自己最喜欢的画。

因为时间已经不早，凭借着一番热情，楼简暂时画好了第二话的草图，决定明天下课之后，继续再战！

第六章
假戏真做，糟糕！

Hey, I kind of like you

情理之中，意料之外的是，开学后，在学校里，苏远再没有掉过节操，依旧是本来模样。

虽然传说中他曾经是万花丛中过的花心大萝卜，但是至少，他有属于自己的原则。从一开始他就对自己说过不会和学生发生任何情感上的纠缠。

楼简想到这里，心中竟然对苏远也有了那么几分好感。

一个看似痞气十足、私生活很混乱的家伙，其实内心也有自己的底线，对待学生更是难得的关爱，比如他从一开始就知道那个学生精神有问题，比如自己并不是楼繁。

大学里的老师中，很少有再如苏远这样关切到学生全部的人了。

不过，这么看来，也幸好自己不真的是他的学生，不然两个人……

等等！

楼简眨眨眼，发现自己的关注点是不是有些偏移？！

当然，这些对苏远难得生出的好感，也不过是每天白天在学校里的时候，楼简才想到的事情，因为，一旦到了晚上，她回到住处的时候，就会收到苏远一条条的短信轰炸。

虽然苏远的短信并不过分，不仅算不得骚扰，甚至是对她一整天学习与生活的各种关心——有没有好好吃早饭？需要我帮你带一份吗？今天的课都听懂了吗？需要我给你补课吗？最近流感很严重要注意与人保持距离。早上开始下雨了，我开车去接你好了……

如果两个人之间的关系是真的，那他还真可谓是暖男Boyfriend，但关键就在于，他们并不是情侣啊！

楼简觉得烦，很烦，非常烦！

这样一个人充斥在她生活的每一处，早晨起床，想到的是苏远早上会给她发早安短信，上课的时候会看到苏远的脸，午餐、放学、周末……

苏远，苏远，苏远，苏远！

真是够了！

满脑子都是他了！

“苏老师，你是不是每天都这么闲啊？”楼简终于忍不住苦着脸，回复他的信息。

苏远拿着手机，差不多都能想象出电话那头的楼简有苦难言的表情，忍不住暗暗笑出声来。

“你的苏老师确实是挺闲的，不然我家底殷实，何必还来当一个教书匠。”苏远唇角噙着笑，修长干净的指尖在手机的屏幕上轻轻敲动。

你的苏老师……不知为什么，这个称呼，竟撩得她的心有些奇怪。

苏远这话倒是没错，他来当大学讲师，八成是太无聊，所以才这么有空闲来逗弄自己。

“对了，前几天你和我聊的98版绝版漫画，我去帮你问了几个朋友，弄到了一套，在学校里不方便，我们周末约出来见面，我给你带过来，怎么样？”

楼简无奈地扶额，好在短信总是容易将一些难以启齿的事情说出转化成字码，再发送出去。

“苏老师，苏远，我们这样的关系，能不能赶紧结束？”楼简甚至不敢多看这条短信两眼，赶紧将这条信息发出去，只怕多犹豫两下，自己又下不去这个手了。

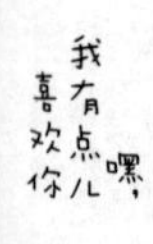

等了一会儿，苏远都没有给她回复消息。

热血的动画主题曲突然响起，楼简稍稍一惊，是她的手机铃声。

苏远……

楼简有些心虚地按下了挂断键，好吧，她就是这么没有出息，只敢用挂掉电话来应对。

手机铃声一遍遍地响起，似乎也在表达着电话那边的人，对她这样自作主张，自说自话的不满。

无奈之下，她终于按下了接通键。

“你要分手？”苏远开门见山。

楼简有些惊讶，苏远极少用如此有气势的语调说话，即便是上课的时候，也带着些温柔与笑意，和自己单独说话的时候更是没了一个老师的样子。

“我……我们这样……”真的有牵手过吗？也算分手？

“是我做得不好吗？楼简。”

苏远甚至不知道自己为什么这么一遍又一遍地打电话，想问清楚楼简的心情。

原本只是要给楼简一个小小的教训，逗着她玩一下而已。

他完全可以借此机会说，不要紧张，我只不过是说笑而已，但他却没有。

不可否认，在楼简的身上，苏远看到了一些他曾经喜欢的女孩的影子。

但正因为如此，应该更要与她保持距离才对吧。

楼简被苏远问得不知该说什么才好。

你当然不是做得不好，你就是做得太好了！好到……让人找不出什么破绽，好到让人怀疑你为什么这么好！

所以，她也不想满脑子都是苏远这个人啊。

“我觉得，拿感情来开玩笑，总是不太好的事情。”楼简抿了抿唇，声音低低地说，“我希望……”

“在你看来，我是很轻浮的人，所以不管做什么都是在开玩笑？”苏远笑了，“为了一个玩笑，我用得着做这么多的事情？费这么多的心神？”

苏远说得没错，从一开始，自己对他的定义，就是个花花公子，私生活乱七八糟的老师，并没有想过，他真的会为别人做些什么。但真的和他接触多了才发现，他好像……也并不是这样的人。

不对不对！他这句话的意思难道是……

楼简心头一慌，手忙脚乱中，不小心触碰到了手机界面上那个红色的圆圈。

苏远望着手里的手机，不禁勾起唇角，带着些许嘲笑的味道，不知是在嘲笑楼简，还是在嘲笑自己。

也许就这样按下挂断键，对两个人来说，都比较好。

本以为这一次苏远依旧不厌其烦，继续反复打着电话来骚扰自己，谁知道手里的电话却久久没有动静。不知为何，楼简脑子里乱七八糟的想法反而更多了起来。

她宁愿苏远和自己嬉皮笑脸，把自己当个乐子，当成一个他的不听话的学生，逗弄逗弄。

也不想听到苏远和自己，一本正经地说话……

如果苏远这样的人能够真的对一个人用心，只一心一意喜欢一个人的话……

那个人应该也会很幸福的吧。

不不不！她在想什么乱七八糟的呢！

楼简赶忙阻止自己的胡思乱想，按捺不住又看了看手机，这次是确定苏远真的没有再打自己的电话了，她也摸不清楚自己内心的想法。

是不想再和苏远保持这种奇怪的关系，但真的看到他可以立马和自己恩断义绝又觉得……心里有个地方空落落的，好像很失望。

真是别扭！明明是自己说不要再继续维持这样的关系了。

为了转移自己的思想，楼简决定继续画完自己的漫画。

她参加的这次条漫比赛，以《远近》现在的成绩来说，进入第二轮是不成问题的。

第二轮比赛是粉丝投票，投票之后晋级的作品再进入第三轮，也就是最终评定奖项，这次是由几个著名的插画师以及漫画家评审，最终选出一二三等奖。

虽说粉丝的喜爱很重要，但如果能得到专业评审的认可，不说在中国的漫画界能有自己的地位，至少也会认识更多的前辈，让更多的人知道自己的名字。

进入了作画状态的楼简，相当于是进入了屏蔽一切的状态，只有在这个时候，她的心才能静下来。

好的成绩，使得楼简很好地保持了周更的状态，用一周的课余时间来仔细画好一幅彩色条漫，时间有些紧凑，但只要认真画，却也还是可以做到的。

因为远与近，两个角色个性鲜明，很快就受到了许多女孩子的喜欢。

故事基本是楼简随性而发，但好在这组条漫的主线基本就是两个性格迥异的男人，日常的一些情感交集故事，因此倒是没有什么特别卡住，发展不顺的地方。

画着画着，有时候，楼简还会不小心将苏远与自己约会的场景画进去，或者是突发灵感，想到苏远和自己在一起的时候，经常会逗得她一句话笑、一句话跳的台词，并把这些也写进了漫画里。

每当这个时候，楼简就会安慰自己，谁让自己一直都是一条单身狗，只有和苏远的“假情侣”经验呢，想到他，也是很正常的事情嘛！

叫人没想到的是，苏远的二次元形象，竟然也成为一众少女心目中的男神。

因为超高的情商与智商，甚至有人会叫他变态远，嗷嗷大叫，说正是因为他这样的性格才更加吸引人啊。

所以……果然，苏远这样的人，虽然自己非常不屑于他，但不得不说他的表面就是男神系的代表，即便他的性格被自己刻意画得夸张，也照样能吸引到女孩子们的注意。

时间就这样，在漫画与学习中，一点一滴地流逝。

虽说楼简只是个临时代课的大学生，但既然代替了楼繁，至少作业要做，学要上。到下半学年，刚刚经历过期中考，甚至是补考，大家都不免开始对学业上心起来。

楼简忙起来很多事情都没有再考虑，直到发现思修课换了老师，这才终于想起那个人。

上课的时候，余薇薇就蠢蠢欲动，按捺不住要拉着楼简说悄悄话了。

无奈楼简完全不在状态，根本就没有听到她说话。

楼简也说不上来自己为什么会心神不宁，就因为苏远没来上课？

正是，呵呵！开什么玩笑，明明苏远不出现，她应该更开心才对，终于没有人能找她的不自在了！

楼简又转头看了看周围，倒是给了一个绝对的安慰。

反正其他同学也都在八卦嘛——

苏远怎么会没有来上课？出车祸了吗？生病了吗？家里公司倒闭了吗？

真是够了啊你们！

楼简恨不得指着那群叽叽歪歪的家伙大声问他们：你们能不能想别人点好？

但是，她忍了。

终于恍恍惚惚到了下课，余薇薇拉住了楼简说：“楼繁，苏老师怎么了你知道吗？没人提醒我们说有老师来代课啊！”

“干吗问我？说得好像我知道一样。”楼简眨眨眼，看来从余薇薇这里，也不能打探到什么有用的消息了，却还要被她拉着叽叽咕咕一番。

“平时不是就你和苏老师最熟嘛……”

“我和他才不熟！”楼简下意识地反驳。

“好好好，你和他不熟，我和他熟行了吧。”余薇薇不大在意地笑，很快又低声说，“那你说……苏老师会不会是去国外隐婚啊，但是也很有可能是情伤啊！这么优秀的男子！”

余薇薇果然不愧是余薇薇，和别人的思路完全不同，楼简耸耸肩翻翻白眼，表示你问我，我问谁咯？！

她……

当然是可以去询问一下八卦中心男主角苏远先生，只是现在还不是时候。

终于熬到了下课回家，在学校里憋着，一直不敢拿出手机来看那个号码，楼简不知道是应该去问一问苏远到底怎么了，还是应该一声不吭当作两人从未有过交集。

心里说不记挂是假的，从那天起，两个人好像就完全断了联系……

应该怎么形容？

闹别扭？不不不，好像哪里不太对！

冷战？不不不，还是不太对……

恩断义绝？

楼简长舒了一口气，摆弄了手机好半天，也没有决定好，要不要拨过去，问问苏远的情况。

她准备先将手机所存储的苏远的名字改一改，这样万一在学校里被人看到了，也不会起疑。

谁知道就因为这么一个念头，楼简手一动，没有点到修改资料的栏目，不小心将电话拨了出去。

一阵手忙脚乱，楼简还没来得及挂断，那边的人便先接了起来。

“楼同学。”苏远好听的声音传来，竟是冷冷清清的。

这就是只当苏远学生的话，会得到的待遇吗？

“怎么了？”没有听到楼简的声音，苏远复又问了一遍，这一次的语气中，带着几分焦急。

“没有什么大事，只是今天的思修课不是老师你……我……我就有些奇怪，忍不住问你。”楼简想了想，还是说出自己真正的想法。

“原来是这样，不用担心，是我哥哥要订婚，我就来帮忙，请了几天假。”

又不是你自己订婚，请假凑什么热闹，明明就是想借口翘班吧！楼简心里这么想，却没能将这样的话说出口，如果是一个星期前，她肯定会半开玩笑地这样对他说。

可现在……气氛似乎有些尴尬。

“嗯……女朋友一般主动先道歉的方式，都是这么拐弯抹角的，找点小话题，再多说几句话，之前的事情，就算这么了结了？”苏远笑着说道。

楼简在苏远开口的那一瞬间，心跳漏了一拍，她不知道自己所打的这个电话，是在期待着什么，但毫无疑问，她希望苏远对她说话的态度，能像过去一样，那么自然。

楼简轻哼一声：“才没有好吧，都是因为班上的同学对苏男神你太关注了，所以我才会出于好意，来关心你一下。嗯，仅此而已……”

两人一来二去，对话方式又回到了过去的状态。

楼简这么多天以来一直吊着的心，忽然也落了下来，心情似乎愉悦了不少……连她自己都不知道这种情绪变化应该如何解释，因为从未有过。

挂断了电话之后，楼简靠在床上，突然想起明天自己就要更新条漫，将努力画了一个星期的条漫，看了一遍……一遍……嗯……又一遍……

怎么总觉得有点不对劲?

本来《远近》的主角就是性格比较极端的，所以整体故事有点奇葩的新鲜感，走的是一种比较二次元的，网络段子的日常形式，有点神经兮兮的逗比风格，可她反复看了好几次，最近自己画出来的东西，简直是一坨那什么！

画风倒是与过去没什么不同，甚至还被她抠得更精细了一些，关键是，剧情根本不搞笑了啊！还充斥着那么一点点……怨妇的味道？楼简你到底是怎么回事啊？！为什么会画出这种感觉的故事？

画画和作者当时的心情，果然有很大的关系！

赶紧重新改起来！楼简大手一挥，干脆地将这幅条漫的PSD格式直接删除，重新起稿。

心情莫名飞起来，楼简手下的动作也快了起来，改变了刚刚剧情的走向，脑洞又开得更大了。

楼简满心都在……对对对！在故事应该是这样的走向才对的想法中，她开始兴致勃勃地画了起来。

只是删稿一时爽，画稿火葬场！

楼简为了自己的一时冲动而付出了一夜不眠的惨痛代价。

晚上楼简差不多只睡了两个小时，第二天便起床去上学，虽然困得不行，不过好在心情是很不错的。

最棒的是这天只有上午的课，楼简努力撑过去之后，回了家就倒头大睡了起来。

时间差不多是深夜一点半，可能因为睡得太早，楼简莫名其妙地在这样一个时间段里醒了过来。

肚子有点饿，心里也有点怪怪的，好像……

要发生点什么？

在这样的三更半夜，楼简突然抖了一下，抱住自己的胳膊摸了摸，努力禁止自己可怕的联想。

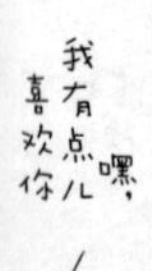

楼简从卧室走了出来，按亮了客厅、厨房以及卫生间的灯，给自己壮胆。

不得不说，灯火通明……还真的没那么害怕了。

楼简找出一袋小面包和牛奶，嘴里咬着面包……

咚咚咚！

忽然响起的敲门声吓得楼简直接捏爆手里的牛奶，嚼着的面包也差点噎死自己，赶忙喝了两大口水这才缓过劲来。

就在她怀疑自己刚刚是不是幻听听到敲门声的时候，门突然又被轰隆隆敲响了。

不得不说，人有时候就是有这样一种奇妙的感应，真是怕什么来什么啊！

楼简简直要挂上两行方便面泪了，这个时候，林展飞不会又外出应酬什么了吧，那就更可怕了啊！

最近各种女孩子独自在家被袭击的消息层出不穷，真是躺在家里生命财产也会受到各种威胁啊。

楼简想了半天，终于决定拿起门边的拖把，用来防卫。

“开门……”

门外传来的声音令楼简诧异。

苏远？！

外面黑乎乎的，从猫眼里也看不出个所以然来，但不知为什么听到苏远的声音，楼简好像突然就多了一股勇气，于是决定大着胆子去开门一探究竟！

楼简深吸一口气，一边拧开门把手，一遍做出防卫的动作，一个黑影就这样直接朝她压了过来。

苏远的身体从外面倾身而来。

她有些手忙脚乱地接住那个人的身体，苏远的身形高大，她保持这样与他面对面，双手插在他的胳膊下方，抱住他的姿势，像是被他整个人笼罩住了一般。

楼简鼻头轻轻动了动……

酒味？！

“苏……苏远你怎么了？喝酒了？”楼简有些担心地拍了拍他的肩膀，心头乱七八糟的。

她可不是没有看过那些言情剧！

酒绝对不是什么好东西！但又不得不说，男女主的感情推动，通常也离不开这样糟糕的东西。

楼简脑子乱七八糟地想着，心头警铃大作。

“别担心。”苏远突然伸出手臂，就着她抱着自己的姿势，将她紧了紧，“我没有醉。”

唔……

因为他的这一动作，楼简险些都要忘了自己内心泛滥地吐槽了。

拜托你没有醉的话，大半夜的来这里闹我做什么？

“喂，苏老师，你别开玩笑了，再这样，为人师表的脸都给你丢光了啊！明天早上各种头条都是你啊——某大学老师夜闯女生……”

“对不起。”苏远突然又开口，他的声音低沉，感情真挚叫人格外动容，好听的声音撩动人的心弦。

“你……你在说什么……好啦好啦，我也没太怪你，不就喝点酒……”

“对不起，我不应该用感情的事情开玩笑。”

听到苏远的话，楼简怔住，心知他是酒后胡言乱语，手忙脚乱地挣扎着推开他："我去关门。"

楼简刚将门关上，又被苏远从身后拥住。

温暖的身体紧紧贴着她，楼简再怎么心大也都撑不住了，一张脸红得像是煮熟了的虾一般。

"你喝……喝醉了。"楼简试图从苏远的臂弯里逃脱，"快放开我，再这样我就对你不客气，不管你是不是酒醉，让你出去睡绿化带啊！"

这个时候的苏远有点像只树袋熊，一定要抱着楼简才能安分下来。

"我不应该乱七八糟……在交往的时候吊儿郎当，不将这件事当一回事，但我是真心的。你是这么一个热爱生活、追求梦想的女孩，我怎么舍得……怎么舍得放手？"

苏远的话，字字句句都像是一个个钉子凿进了楼简的心里，让她的心为之一次次颤动。

"不要再说奇怪的话了！"

"我承认很突然，而且我发现得有些晚，但是……"苏远的声音稍稍有些哽住，接着比任何时候对她说话都要认真地说道，"我喜欢你。"

如果说这句话给楼简的冲击，是让她的脑中完全形成一片空白的话，那么苏远接下去的举动，就是在她的这片空白中，强硬地写满了自己的名字。

苏远放开楼简，伸手将她转过身来，稍稍弯下腰来，微微眯起双眸，吻在了她唇上。

楼简慌乱得不知该怎么办才好。

她像是一只在迷雾中被沾湿了翅膀的小麻雀，翅膀沉重，想要逃走，却又不知该往哪儿飞。

唔……怎么办？事情好像不在她的控制范围之内了。

还有，不在控制之内的东西，好像还有她的心。

虽然有点酒气，但却并没有自己想象中的那么讨厌，苏远的唇很软很温柔，他的吻技也好到让楼简几乎失神，这种无法控制住自己的感觉，好糟糕，也叫人非常害怕。

像是也沾染了苏远口中的酒气，楼简的脑子里乱七八糟的，有许许多多的片段一闪而过，但不得不说，所有的事情，都是有关于苏远的。

和苏远的第一次见面，闹了好大一个乌龙。

然后是被他盯上，将思修的书罚抄了一大半。

接着被他发现了自己代替了楼繁的秘密。

莫名其妙，算不上交往的交往……

为什么苏远对自己这么好？非常没理由的好！

对！没理由！没理由！

楼简很怕，很怕苏远这样对待自己，因为她很怕他这样的举动，让自己自作多情。

可是……他刚刚的告白，真的让她好心动。

楼简抬起手，想要去推开苏远，但手举到半空，却又突然落下，好像已经臣服于自己的心意了一般。

这是她第一次对一个人有这样的感情，她的生活永远是那么单纯，除了画画就是画画，突然闯入自己生活中的人，令她很慌乱不知该怎么办。

对，或许从一开始，她对苏远就不是厌恶，甚至有种压抑着的欣赏。

正因为苏远这样的人，太过吸引旁人的目光，不论是从外貌还是从性格来说，都有太大太大的魅力，叫人无法控制住自己的心，不去喜欢他，所以，楼简才会更害怕去接近，生怕自己会一不小心着了他的道。

甚至是后来，苏远开始对她好了的时候，她也会像是催眠一般告诉自己，他是个花心大萝卜，不可信不可信!

可是，今天他对自己告白了。

不仅是“喜欢你”三个字令她心动，还有他说自己让他动心的地方，是追求梦想。

苏远，是第一个表示无条件支持自己的人。

这么仔细想来，似乎不只是今晚这样说说而已，还有他平时对自己的行动，也都表明了他在帮助自己。

还是说，自己之前胡思乱想的那个计划，成功了?

要怎么对付一个自己讨厌，却又干不掉的人?——让他爱上你啊。

难道……难道苏远真的喜欢上了自己?

可是，有一件更糟糕的事情……楼简按住自己怦怦乱跳的心脏。

真是糟糕了，好像，自己的心也已经无法挽回了。

在这个世界上，有好多好多的东西如果失去，亡羊补牢却不算晚，唯有人的一颗心，倘若不小心从自己的手中遗落在了另一个人身上，就很难再去做补救了。

到时候，你就只能任人宰割。

楼简是个自尊心极强的女孩，所以她对苏远，一开始不仅仅是不确定，还有自我控制，控制自己别与他走得太近。

控制自己的感情。

但同时，楼简也是个很执着、很专一的女孩，既然已经没有办法再去控制，那就让暴风雨来得再猛烈一些吧！

这又有什么！不就是谈一场恋爱，对，她就是喜欢上了苏远，她楼简怕过谁！

第七章
身份归位，期待！

Hey, I kind of like you

苏远头有些痛地醒来，发现自己高大的身体竟然以一个奇怪的姿势扭曲地睡在一张双人扶手沙发上。

他稍微动了一下身体，骨头发出咔嗒咔嗒的声音，他扶着脖子，来回动了动，还好没有落枕什么的，不然真是形象尽毁！

这里是……

苏远抬起头来，环顾了一下四周，心里大概有了数。

这时候楼简刚好从厨房出来，手里拿了毛巾和牙刷："这是家里备用的东西。"

苏远当然觉得有些丢脸，虽然楼简不真的是自己的学生，但也毕竟要叫自己一声苏老师，赶忙解释："昨天是我哥订婚，不小心就多喝了几杯。"

"你也知道是你哥哥订婚，怎么好像你结婚？而且还喝多了？还是说因为看到别人秀恩爱，单身狗心里不舒服了，然后就想着昨晚搞突袭脱单？"楼简半开玩笑地说着。

她其实也在努力保持镇定，毕竟面前这个人是昨晚刚抱着她来了一大波表白，还……她下意识地伸出手来，葱白干净的指尖触了触自己的唇。

苏远听完楼简的话一顿，表情似乎有些复杂："我昨晚有些记忆，但是不深了，大概就是……喝多了，拒绝了所有人的帮助，准备打车回家，却不小心报出了你家的地址，后来下车，也没有记住之后的事情。"

楼简脸上原本还带着的淡淡微笑终于慢慢消失，她的心沉了沉，果然昨晚苏远的行为，都是因为酒精作祟吗？忽然做出那么多奇怪的事情：拥抱她、告白、亲吻……

看到楼简的表情，苏远赶忙问道："我没说什么奇怪的话吧？我醉酒之后太容易酒后吐真言，总喜欢说真心话，唉，老是因为这样没朋友，也不太好。”

刚刚垮下笑容的楼简又被苏远这样的话说得惊喜了，他的意思是……喝多了之后的话，虽然不记得说过什么，但一定都是真话？

“好了，苏男神！拜托你快去洗漱打扮一下好吗？完全抛弃了形象啊你！”

苏远露出笑容，望着楼简放在桌上的粥与醒酒茶，早就知道她不过是刀子嘴豆腐心：“没有形象也没关系，不是还有你接手我吗？”

不得不说，即便是喝醉了酒之后，故意惩罚一般将他按在沙发上以奇怪的姿势睡了一夜，苏远也不会显出狼狈，反而有了几分颓废的味道。看着他眼睛微微眯起，头发微微凌乱，衬衫只扣了腹部的两颗扣子，露出锁骨以及浅麦色的皮肤与胸肌，楼简觉得老天真是不公平，为什么会让人有外貌上的天壤之别！

“楼简，可以借用浴室洗个澡吗？”苏远走进了浴室之后又重新走到门前，问楼简。

被打断了思绪，楼简点点头：“行，只是你没有衣服可以换了。”

说话间，林展飞从外面开门，走进了屋子。他边打着呵欠，边散漫地说：“楼简早啊，昨晚临时有事，没能回家。”

“啊，对！可以借用林展飞的！”楼简忽然想起了什么，跑到林展飞的身旁，“有没有干净衣服？苏远借用浴室洗了澡……没有衣服换，麻烦你啦！多谢多谢！”

林展飞张大了嘴巴，下巴险些掉在了地上，伸出手来指向楼简，好半天才说出口：“你你你……你们……”

这种一个男人在女生家洗澡的状况，还用多说是怎么回事吗？更何况面前的是谁？

苏远苏老师，苏远苏三少，苏远苏男神，苏远……他怎么会随随便便到人家里来借用浴室？！

不是林展飞思想龌龊，而是这样的事情，实在是太引人遐想了。

楼简慢慢回过味来，刚刚只是急着想去找林展飞借衣服，没想到这样的状况太暧昧什么的。

“你别误会啊！昨晚苏远喝多了，就在这里借宿了。”

越描越黑，明显这话听在林展飞的耳朵里，就是……就是他们两个人很狗血地酒后乱性！

好在最后林展飞终于在楼简费了一番口舌之后，决定相信他们真的没有发生什么。

“那你什么时候回学校？”楼简看着坐在餐桌前、喝着她亲手做的粥的苏远，问出了心里最关心的那个问题。

“反正也快要放假了，我干脆直接给自己放一个长假。”

真是随便啊……

不过，苏远确实有足够任性的条件。

“怎么，想我了？”

苏远满脸微笑地冲着楼简扬了扬下巴。

不要每次都故意笑得这么释放荷尔蒙的样子，只有她一个人在，这么做作给谁看啊！

楼简哼了一声，伸手将桌上摆着的肉松往他的面前推了推：“谁想你啊！”

楼简对他的态度有细微的改变，苏远当然能感觉出来，却又抓不住事情的重点。但转过头一想，嗯，总是身上带刺的楼简能对自己稍微温柔一些，也未尝不是一件好事。

昨晚是苏木订婚的日子，他心里很乱，多喝了几杯，自己也不知道为什么，喝得晕乎乎的时候，做了个……很美妙的梦。

想到那个梦，苏远就觉得有些不好意思，笑容越发温柔了起来："放假之后你想去哪里玩吗？我陪你？要不干脆去欧洲玩一次？"

楼简有些受宠若惊，但又想到了昨晚苏远对自己的表白，果然自己还是可以大言不惭地说……他是喜欢自己的吧。

"我都一整个学期没回家了，小长假也待在这边，所以寒假肯定要回家的。"楼简眨了眨眼，忽然想到什么事一般，"要不，你放假的话……有空可以去我们那边玩。"

林展飞原本坐在沙发上，越来越觉得坐不下去……他低下头努力勾起唇角，接着深呼吸一口气抬起头："唉，单身狗赶紧回房去了，秀恩爱，真是闪瞎我狗眼啊！"

楼简被林展飞说得有些微的脸红，如果是过去，她肯定早就不顾一切地直接反驳回去了，现在却是忍不住脸红。

啊啊啊！

这样的反应！

楼简这算是脑补越多越糟糕，无奈扶额，却也抑制不住，自己的脸不停发热。

苏远看着楼简脸上表情丰富的模样，不免觉得好笑，直接伸出手来轻轻地碰了一下她红透了的脸颊："你的脸怎么这么红，病了？"

楼简捂住自己的脸，情绪啊什么的，都很好控制，唯独脸红这点，是人类身体的本能，她实在没办法把控。

“有点……热。”明明是临近寒假，楼简却扇了扇脸蛋，睁着眼睛说瞎话。

总之，愉快的时光总是很快过去。

苏远离开之前说他明天把衣服干洗好了之后，拿回来还给林展飞，楼简将原话转达给林展飞，林展飞又是一声哀号，直接倒在床上控诉，这明明就是拿他当借口，再来看楼简嘛。

楼简心情不错地回到房间里，顺手发表了条漫的新连载。

没一会儿，条漫便刷新了几千的评论与转发，楼简打开一看，发现大家看完条漫之后的反应，竟然和那个无厘头的林展飞如出一辙。

一群人排队汪汪汪。

楼简摸了摸下巴……这期更新，真的有这么甜吗?

打开电脑，插上板子，点开Photoshop，楼简愉快地开始了新的一张条漫的故事。

画上一会儿，楼简休息一下，站起身来活动了一会儿，顺手又点开了微博。

@小小小正太：汪汪汪！表白啊表白！！！

@咕叽咕叽小六：天哪！！如果这都不算爱！！！

@榴莲小公举：在一起啊在一起！！小近近快点从了远先生吧!

@展月：都这样了啊，那如果结局再不HE，那真的说不过去了。

@勤奋赚钱的小璎子：表白大大，大大一定也要让远SAMA壁咚小近，然后来一个宇宙超级无敌、虐狗的告白好吗？拜托了，一定要啊！！！

@顾小河是好骚年：小近依旧是那么萌，远真是帅哭我。

@画渣努力学画中：画风大赞！追了！

@梦之幻无：快快快，速度更新，我赌下一张是在一起在一起！

看着大家强烈要求远对近来一次狂霸酷炫拽的告白，楼简的心有一丝丝动摇了。

苏远到底是不是对自己有意思？如果是的话……以他的性格，是绝对不会继续憋在心里的吧，还是说，这次他又是……耍自己的？

可是明明那晚的告白那么真挚！为什么只放在心里不说呢？难道是因为，她现在还是他学生的身份？

脑子里正乱七八糟地想着，口袋里的手机突然响了起来。

楼简拿出手机一看，竟然是来自家里的，她心里咯噔一下，不知道是又发生了什么，还是只是单纯地关心一下自己？

按下绿色的接通按键。

楼简轻轻地“喂”了一声。

“楼简……”电话的那头，传来的是楼繁轻巧的声音，很温柔，但可能犹豫担心、害怕被骂的程度更多，毕竟这一次，是她没有理由。

楼繁？

是……楼繁回来了。

楼繁打来的一通电话令楼简心烦意乱，她回家了，那也就意味着，自己这个代替品，马上要让位。

等等，她为什么会有这种失落的感觉？难道她不是从一开始就期盼着楼繁这个麻烦的家伙，赶紧回来，让她回归自己的原位吗？

她可不是在珍惜这样的学生生活，也更不是舍不得她的同学……她只是……只是……

好吧，楼简认命，她就是舍不得苏远，不想和苏远分开。

但这也不是大问题啊！

只要他们两个真的互相告白确认了关系，反正她也是自由画手，完全可以离开学校，在这里工作……这么想想，倒也不是问题。

现在的关键就是苏远到底是不是对她有想法！

楼简心烦意乱，为了让自己冷静一点，嗯，先刷两下微博压压惊。

就在条漫中那些让远向近告白的回复中，有一条评论异军突起，成功引起了楼简的注意。

@蠢蠢的悦悦：我倒是觉得可以啊，可以不要这么随大流，完全可以让小受受反扑，告白小攻啊！

是吗？所以……如果苏远不对自己说清楚的话，那自己就去挑明了说？

楼简直接扑到床上，抱着自己的抱枕滚来滚去，不管了，反正回家还有段时间，见机行事吧！

楼繁也已经和她约好，现在还是楼简待在学校里，毕竟只有最后的两个星期，等楼简考试结束……下学期就直接让楼繁回来念，楼简就不用过来了。

想到这里，楼简的心还是有些空落落的。

“苏老师，马上要放寒假了，我考完试就回家了。”楼简鬼使神差地，随手编写了一条短信发了出去。

“差点忘了你的考试，现在苏老师闲下来了，更有时间帮你好好地补习一下功课，确保你这次完美过关，不再补考！你周六周日在家乖乖等着我哦。O(∩_∩)O”不要脸的苏老师还带了一个卖萌的表情。

自己原本是想试探一下苏远对自己会不会有那么一点点的想念，谁知道，他竟然提起这件事。

又是补习！她才不想管呢，反正这些都和她没有关系了，只要熬过这几天，马上她就又可以回到她真正宅女的日子了！

但楼简却并不想拒绝苏远的提议。因为这样……就代表她又多了些可以和苏远独处的机会。

于是楼简默默将拒绝的话，吞回了自己的肚子里。

喜欢与不喜欢是在潜移默化中，慢慢形成的感情状态，捅破这层窗户纸之后，楼简就已经不再抗拒自己总是会情不自禁地想到苏远。

毕竟苏远是那么优秀，喜欢上他，真的不算是什么丢脸的事情。

当然也不过是将自己之前的谎言变成了真的，楼简忽然觉得好笑，两个人对对方的告白，竟然都是在那么奇怪的状态之下发生的，她是临时想出这样的计策来拖住苏远，所以说了喜欢。苏远呢，却是在半真半假之间，对自己告白了那么一番话。

隔天，苏远利用还林展飞衣服的借口，又来了。

反正楼简是明白了过来，苏老师是彻底闲下来了，没事就来骚扰她当乐子咯。

如果是以前，楼简一定抓狂，直接将这个闲杂人等给踢出去，现在她的心情却完全不一样了。

苏远难得看到楼简坐在电脑前画画，表情认真，手上动作娴熟，左手操纵键盘，噼里啪啦地按下各种快捷方式，右手在画板上上下滑动着，画起画来，那副架势还真的像是那么回事。不，应该说，楼简本就是一个非常职业的插画师了。

有苏远站在身后，楼简当然不能去画那些掉节操的BL条漫什么的了，于是她调出了杂志稿件，非常认真地画了起来。

“手绘板。”苏远突然站起了身，似乎很感兴趣一般，走到她的右侧，微笑着向前探过身子。

“你要试试吗？”楼简笑着转过脸来问他，在绘画软件里新建了一块画布，正准备将手中的画笔递到苏远的手上，他却没有接。

“这样，不也一样能试。”

苏远稍稍压低了身子，修长干净的指尖直接包裹住楼简握着笔的手，在板子上轻轻地画了两笔。

楼简坐在那里，挺直了腰背，脸上的温度不由自主地蔓延到脖子。

苏远离她很近，强烈的存在感令楼简完全无法忽视他的存在，能够清晰地感受到关于他的一切的，呼吸在耳畔、指尖触碰到自己手指的感觉，还有散发着温暖的身体。

苏远很自然地在手绘板上写了一个自己的名字，似乎并没有觉得两个人这样亲密的动作有任何的不妥。

“和在纸上写字的感觉很不一样，好像有点滑，更难控制了。”苏远开口说话，好像真的很认真地在试用手绘板。

拜托，不要靠近我脸这么近说话好吗？知不知道什么叫人与人之间的安全距离？

不过，楼简现在在意的不是苏远，反而是自己的感觉。

因为她并不在意……

尽管被这个人侵犯了自己的安全距离，楼简却并不觉得讨厌，只是有些心慌意乱的不知所措。

如果说之前楼简还有些挣扎，自己为什么会喜欢上苏远，觉得苏远真是糟糕，是个大祸害什么什么的，而现在他越是靠近自己，自己就越是无法抑制想让他离自己更近的想法。

楼简！节操节操！

她用另一只手扶额，只觉得自己彻底没脸了。

“怎么不说话？”

苏远已经在苏远两个字的下方又加上了楼简两个字，最后一笔潇洒结束，发现楼简在一旁表情相当丰富。

“觉得你离我太近了！”而且，看起来根本就像是故意找借口要离自己这么近的！

楼简蔑视的小眼神看得苏远忍不住笑出声来，伸手轻轻一捏稍微有点婴儿肥的脸蛋：“看来你还是挺萌的。”

“那当然！”楼简抬了抬眉，得意地笑了，虽然有点自恋，但还是偷偷地想了一下，要不然……你为什么和我表白呢！

时间如流水，白驹过隙，就这样平静地又过了一段时间，基本已经进入紧张的备考阶段。

楼简与苏远之间的关系也日渐变得微妙，看着苏远对自己格外关切的样子，楼简几乎可以断定，他不是对自己有意思，就是对自己另有所图！

不然的话……

为什么偏偏是自己？

楼简可是很有自知之明，就算她长得不丑，但也绝对属于放进人堆里找不到的普通女孩子。

期末到了，又要面对考试，不过这一次……楼简心心念念的，却是另一件事。

“又在走神了。”苏远在期末的时候依旧像期中一样，对楼简进行补习，只是他发现这小丫头和之前的奋斗状态全然不同，心思完全不在学习上。

苏远用笔轻轻敲了一下楼简的脑袋，她这才回过神来。

“我想问你，是真的没什么话要对我说？”楼简突然开口，苏远的目光终于从书本上转到了楼简的身上。

“你希望我对你说什么？”苏远笑了笑，“让我想想……嗯，如果期末考都及格了，要我奖励？”

怎么该你聪明的时候，就什么都猜不对！楼简闷闷地撇了撇嘴。

苏远看她表情就知道自己肯定没答对，却也没有纠结，淡淡地笑了笑。

“好了，现在不要管其他的，你答应我现在好好学习，所有的事情，等到学期结束，再讨论！”这个时候，苏远难免还是暴露出了一些他为人师表的气质。

楼简闷闷地想，等学期结束……等学期结束她就要回去了。这次回去了，可就不一定什么时候能回得来……不，是不一定会再回来了。

楼简当然没有将这句话说出口，看苏远这么用心辅导自己上课，也不好再继续走神。

这也算是在师大的最后一次考试了，怎么也不能挂红灯啊。楼简想。

临近考试的那天，楼简又接到了一次楼繁的电话。

“楼简，这是我不对，为了谢谢你，等你回家之后，我请你吃顿好吃的！”

楼简听着楼繁在电话那头的撒娇，实在无奈，淡淡叹了口气：“楼繁大小姐，请你也长点心吧，知道你这次给所有人带来了多大的麻烦吗？”

楼简没有再多说，上次批评楼繁的话早就说了一箩筐，同样的话，她也懒得再说第二遍了。

“亲亲楼简，你在学校里，有没有勾搭上什么帅哥啊？不会留下什么烂桃花等我回去处理吧？我可是已经心有所属的人了啊，千万不要破坏我的名节啊！如果有的话，赶紧和他说说清楚，不过说起来他是学长还是学弟啊？”

楼简听到楼繁的话一愣，在心里干干一笑，不是学弟也不是学长，是老师！说出来吓死你！

“你还是好好想想，回学校之后，怎么来演失忆吧！”

楼简挂断了与楼繁的电话，心头有些闷闷的，是对师大的不舍，也是对……苏远的不舍。

一开始来这里，她可是非常讨厌这里的生活的，整天三点一线，还有那么多看不懂的天书和一个整天和自己作对的老师。

直到后来，她逐渐跟上了学生生活的步调，和苏远也和解，甚至在他的帮助下，可以渐渐看得懂天书一般的课本。

这真的是一场奇妙的经历，然而她马上就要离开这里了。

心头翻涌着的，是许许多多，不想离开的念头。

楼简抿着唇笑了笑，不过……不再当师大的学生，也有好处啊。

记得苏远曾经说过，不会和自己的学生发生超出师生之外的任何关系，那如果，她不再是他的学生了呢？

她舍不得学校，却不能一直赖在这里。但她舍不得苏远，却可以继续赖在苏远的身边。

这么想着，楼简因为要即将离开而形成的一股淡淡哀伤的感觉，也减少了许多。

顺利结束了期末考，楼简还是有些忐忑自己的成绩的，说好了没有挂掉的科目，苏远就会给她奖励，她可没忘！

只是到现在，苏远真的都没有再提及过那晚他喝醉酒之后的话，楼简心里也是没底，他是真忘了吧？不过……又说自己从来都是酒后吐真言，那么也就是说，他的那番表白，是完全可以相信的。

苏远对自己很好，偶尔也会有些暧昧的举动，令她脸红心跳，就是迟迟也没有真正暗示过自己，更别说和自己说破了。

难不成，他是在意自己的学生身份？但这也不对啊，明明之前都说可以交往……

苏远比学生提前一步知道了大家的成绩，看到楼简所有科目全部通过，竟然会有一种自己教育很成功的成就感，还有一股难以言喻的欣喜。

第八章
自作多情，抱歉！

Hey, I kind of like you

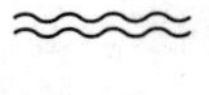

拿成绩的那天，是一个好日子——吃苹果的平安夜。

苏远终于开了一辆符合他骚包性格的法拉利LaFerrari，停在了楼简家门口，引来了一众人的侧目。

“恭喜啊！一次通过所有科目。”苏远手上拿了一个包装精致的大红苹果，递到楼简的手里。

“哟，居然比我还早得到消息。”楼简忍不住笑了出来。

“那当然，要不我怎么是老师呢，今晚一起过平安夜吧。”苏远脸上挂着温柔的笑容，在冬日和煦的阳光下，晃得人眼睛都有些睁不开了。

楼简眨眨眼，乌黑的眼珠子圆溜溜地转了转，稍稍想了一会儿说道：“那你稍微等我一下，我去换件衣服。”

楼简一阵风似的开门回家，留下了在原地没来得及说话的苏远忍不住笑了出来，毕竟还是爱漂亮的小姑娘嘛。

林展飞坐在沙发上，抬头看到楼简进屋：“楼……”

连名字都还没有叫全，就看到她好似一阵风一般，冲进了自己的房间里，接着屋子里乒乒乓乓一阵响声。

过了好一会儿，楼简出来了，她穿着红黑格子的蛋糕裙、踩着到小腿的长靴，头发披散下来，脸上化了一层淡妆。

林展飞看得愣住，紧接着站起来，趁楼简还没走出去大声问道：“小楼，你这是去哪儿啊？”

楼简正保持着一只手打开门的姿势，脸转了过来，看了一眼林展飞，笑颜如花：“嗯……去……约会！”

林展飞站在原地，望着楼简稍稍出神，直到她关上门发出了响声才回过神来，淡淡地笑了，垂下头，笑容中有一抹尴尬的苦涩。

苏远站在车边，稍稍侧身半靠在车门旁，等了一会儿，楼简就从屋子里走了出来。

"等久了吗？"楼简轻轻地将一侧落下的头发撩到耳后。

苏远看着她，或许是学艺术的关系，她一身可爱的装扮毫无违和感，脸上的淡妆也化得恰到好处，脸颊上红扑扑的，有点像刚刚自己送给她的那个圣诞节高价苹果。

"这也叫久？我还以为你们女孩子化妆，没有两个小时是等不来的呢。"苏远一边半开玩笑，一边帮楼简打开车门。

气氛正好，楼简坐在苏远的车子里，双手捧着散发着清香的苹果，脸稍稍转过去，往窗外望去。

就是今晚了吗？

一起过平安夜什么的……真的是会让人情不自禁地有所期待呢。

"今天收拾东西，我明天大概就要回家了。"楼简小心翼翼地说道，其实是想稍微提醒一下苏远，告诉他，自己很快就会离开。

如果今晚苏远能将之前两个人的玩笑变成真的，那么……她就直接从家里搬到这边来，反正她是SOHO，或者有计划的话，可以在这边尝试着找个与漫画有关的工作来做。

如果苏远不告白……

那也没关系，就由她来主动告白吧！

她相信，以苏远一直以来，对她做的这些，即便对她还没有上升到喜欢的程度，也至少是有很大好感的。

俗话说得好，女追男，隔层纱嘛！

既然喜欢上了，她楼简也不会这样轻易就放手的！

"你有没有考虑过，自己也来继续念书？"苏远有些欣慰地笑了笑，想到她这次考试的成绩还不错，不禁随口提议。

“你想让我真的当你的学生啊？才没那么容易呢！”楼简想了想，也知道苏远是好意，便接着说，“人生嘛，总是有得有失，我一天二十四小时，只有那么多时间，用来学习，再考大学，上大学，真的就没什么时间来画画了。”

大家总说，时间挤一挤就有了，却又是真的很难做到的。

苏远也理解地点了点头，反正他也不过是随便说说：“读书虽然很重要，但也不是唯一的出路，对了！什么时候让我看看你的漫画？”

说到这个，楼简就下意识地想到了《远近》，忍不住暗笑了起来，这要是被他看到，那还得了，绝对一眼就能认出自己是其中变态大魔王老师的原型。

楼简像是只偷吃了好东西的小猫，一个人靠在车座上，抿着唇轻轻地笑着，样子可爱得让人忍不住想要伸手去捏一捏她的脸颊。

苏远这么想着，也很自然地就做出了这个动作。

“认真开车啦你！”

刚好这个时候车子也到达了目的地。

“上次带你在欧式复古餐厅吃了一顿饭，今天就带你来中式复古餐厅，照例，菜品一般，但却是一间很有特色的店。”苏远将车停好。

因为今天是平安夜，在外面玩的人也不少，好在这是一家中餐厅，毕竟平安夜是西方的节日，这边受到的影响并不大。

一进去，楼简就完全被这一间餐厅给吸引了。

餐厅是打着复古的噱头，楼简本以为一定就是几个穿着汉服的人给人端菜。

谁知道走了进去，才发现内有乾坤。

这家店的门面很大，因此被隔成几段，其中的服务员有穿汉服、唐装、旗袍、中山装的等等，不同时期的服装代表着不同的历史时期。每一段中，也分别有不同的表演：评书、相声、京韵大鼓、杂技……又是让人眼花缭乱的各种花样。

这明显，吃的已经不是一顿饭而已了。

至于上来的菜，楼简也尝了，并不像是苏远之前说的，什么菜品一般，其实很好吃。

“使劲吃吧，就当是你考试成功的福利咯。”苏远一边给楼简夹了一筷子她今天吃得最多的菜，心里充斥着满足感，怎么说呢……就好像自己养的一只小宠物，很出息了。

“能熬夜吗？”苏远微笑着问她。

“把吗字去掉吧！像我这样的写手画手，有几个不能熬夜的，地狱修罗场的赶稿架势！熬夜，只是很简单的小事情！”楼简扬了扬下巴，一副骄傲的表情。

“看来你经常熬夜。”听她这么一说，苏远的表情又变得有些严肃了起来，“不要仗着自己年轻就日夜颠倒，身体可是革命的本钱！”

“好啦，好啦，你现在已经不是苏老师了！”楼简赶忙也给他夹了一筷子菜。

“能熬夜的话，待会儿我们就去步行街的大时钟那里过十二点吧。”苏远点点头，决定不再多说些什么，他确实已经不能在她面前再摆老师的架子了。

吃完饭，时间还早，两个人决定直接走到步行街。

十二月的天气已经很冷，轻轻吐息就已经能看到白色的雾气，苏远看着冻得哈气又跺脚的楼简，忍不住摇了摇头。

“嗯，真是美丽冻人啊！”虽然嘴上如此说着，苏远却还是伸出手来，揽住了楼简的肩膀，“那边有卖围巾和手套的，给你买一副。”

楼简缩了缩肩膀，唇角抑制不住上扬，稍稍往旁边靠了靠，感受到苏远的体温，就真的非常非常温暖了。

街上的人很多，要么是三五成群的学生，要么是一群上班族聚在一起，但大多数还是含情脉脉的小情侣，因此两个人这样平常的动作，丝毫没有引起别人的注意，非常自然。

楼简也试探着伸出手来，拉住苏远的衣角。

如果时光可以定格在这一刻，楼简会希望它永远不要再继续前行。

十二点的钟声，对于灰姑娘与今天的楼简来说，都有着非同一般的意义。

苏远买了围巾将楼简的脖子裹了起来，让她套上手套，暖和了许多。临近十二点的时候，大钟前方的巨大LED屏幕上，显示出了倒计时的数字。

有商家在周围开始燃放绚烂的烟火吸引人们的注意力，可更多的人们，还是望着大屏幕上不停跳动着的数字。

人们纷纷开始跟随数字的倒计时开始数：

“十——”

“九——”

“八——”

……

楼简拉了拉苏远的衣服，在嘈杂的人声中，大声喊他的名字："苏远！"

苏远听到了她的声音，唇角微微噙着笑容，低下头去看着她，一起倒数什么的，实在是有点傻，但不得不说，他还是被这样热闹的气氛给感染了，实在是让人心情不错。

苏远侧过脸稍稍低下头来看着她的脸，在烟火的映衬之下，显得越发棱角分明，令人心动不已。

"干什么？"苏远并没有提高声音，却是低下头来，凑近在楼简的耳畔。

"你……到底有没有什么想对我说的？"楼简的脸上，已经显露出微微焦急的神色。

"你是指什么？"苏远似乎依旧不清楚她的用意。

楼简微微一愣，看着苏远脸上的表情并不像是在开玩笑，她心中隐隐约约有些不好的感觉，却又不知道那股心烦意乱，从何而生。

"就是……你的心里没有什么非常非常重要的话，对我说？"楼简急切地提示着，一边说着，一边还伸手戳了戳苏远心脏的地方，"不管什么，都可以说！"

苏远不是傻瓜，楼简当然也不是傻瓜，自己明示暗示，说了这么多，苏远还依旧无动于衷，很显然，他可能……自己也没有意识到这份感情的存在。

既然这样的话，她楼简也不介意点拨点拨他的心思，这么想想，或许是苏大少爷他平时在花丛中纠缠得太多了，突然对这样明摆着的事情，反而想不透彻了。

"你带我去那么多的地方，陪我来过平安夜，搂着我的肩膀，牵着我的手，发短信关心我，带我去吃大餐，帮我补习功课，支持我的梦想还有……吻我。难道，你对这些事情，就真的没有什么其他的想法了吗？”楼简是鼓足了所有的勇气，说出这样的话来的。

她一张小脸涨得通红，却还努力假装镇定自若。

苏远听到楼简的话，也情不自禁地怔住，她说的这些话，都是什么？对他这段时间以来，所作所为的总结吗？或许吧，如果不是楼简说出这样的话来，他大概也不会意识到自己竟然对楼简做了这么多的事情，但……

“对你好是应该的，虽然你只是代替楼繁来上学，但一日为师，终身为师，”苏远脸上挂着淡然温和的笑容，“更何况你这么不容易，我也是将你当作妹妹一般来看待的。”

妹妹？

这大概是女生对男生表白时候最讨厌听到的词了吧，楼简摇了摇头。

“你是不是在介意，师生的关系？”

对啊，这完全有可能！为什么之前苏远一直都没对自己有任何的暗示，或许因为……他还在抗拒，师生这样的关系。

“楼简……”苏远沉默了下来。

半晌，都没有人再说话，周围的人早不知在什么时候倒数完了，人群散开，或者携手回家，或者继续享受完美的夜生活，毕竟美好的圣诞节才刚刚开始。

“好吧，你一次我一次，为了公平，现在我主动向你告白怎么样？”楼简紧张得几乎在颤抖。

女孩往远处跑了两步：“苏远，我喜欢你！非常非常喜欢你！你喜欢我吗？”

不是没有被告白过，或者应该说，这是苏远经常会经历的事情，但从没有一次，他是为了这样的告白而心有不安的。

苏远觉得自己的胸腔中有隐约的刺痛感，一点点流露出的，大概就是因为对楼简的不忍。

楼简站在离他几步之遥的地方，在这样一个绚烂的夜晚，被周围彩色的灯光洒满了全身，像是一只初入人世的精灵一般，美丽动人。而就是这样一个女孩，正在对自己用了她最大的勇气而告白，他却无法给予她最希望的回应。

这确实是一件令人难过的事情。

在这之后的很长一段时间里，楼简都记得这一天自己对苏远的告白。

激动得浑身都在轻颤着，周围的空气很冷，她却觉得脸蛋火辣辣的，烧得她整张脸都痛了。

这大概算得上是她这辈子做过最大胆、最疯狂的举动了。是的，比起代替楼繁来成为一个大学生，需要更大的气力。

只是即便她如此做，却也没有得到任何的回应。

大概是在这样的夜晚，告白这种事情屡见不鲜，已经不值得太多的人围观，除了偶有几个人扭头看楼简两眼，也再没有其他人关注。

楼简稍稍松了口气，还好没那么尴尬。

苏远站在原地，用温柔的表情望着她。

但楼简知道，这样的表情，却并不是自己希望得到的那种，他是带着深深愧疚的。

楼简往前走。

她突然想到那部家喻户晓的童话《美人鱼》。

小美人鱼为了见到自己心爱的王子，往前走的每一步路，都好像走在了刀子上一样。

楼简觉得此刻的自己有点像她，不同的是，她踏出的每一步，这刀子都并不是割在她的脚上，而是心里。

"你的回答呢？"已经算是得到了最坏的答案，但楼简觉得，或许还可以更坏一点，让自己彻底放弃吧，她感觉自己真的已经无所畏惧了。

苏远伸手，干净修长的指尖划过她光滑的脸，接着做出一个轻轻摸头安慰的动作。

"别不敢说话啊！"楼简拍开他的手。

"对不起。"苏远开口，声音竟有些微的喑哑。

"所以，我得到的答案，就是你不喜欢，对吧？"楼简深吸一口气，强迫自己说话的声音，没有任何的改变。

"对不起。"饶是苏远，面对此刻的状况，也再说不出更多的话来。他是很喜欢楼简没错，但那并不是一般意义上那种简单的男女之情，他和楼简虽然只相处了几个月，但其中包含的感情太复杂了。

苏远知道自己不能再对她说出"我当你是学生，我当你是妹妹，我只是同情你"诸如此类的话来，不然的话，这对于楼简来说，只能是更进一步的伤害。

直到这个时候，苏远才知道，自己或许做错了，他实在不应该做那么多让楼简误会的事情。

他从一开始就错得彻底。

"可不对啊！"楼简当然不甘心，"你对我告白过，你知道吗？"

苏远有些吃惊："什么时候？"

"就是那天，你喝了酒突然跑到了我家来！"楼简喉头哽住，"你不是说你从来都是酒后吐真言吗？为什么会对我说出那番话，你知道自己说了什么吗？"

楼简不说，苏远还没有意识到什么不对的地方，可她一提，他就立马想到了些什么。

"竟然是这样……"苏远实在不想用更多的言语再去伤害楼简，可是他知道，如果有些话不说清楚，那会是对楼简更大的伤害。

"那还有，那天……你吻了我又怎么说？这总是你很清醒的时候做出的事情吧！"

"还有你吃饱了撑着，说什么支持我的梦想！为什么？为什么要对我那么好？让我……让我这样自作多情？"

直到现在，楼简依旧没有彻底放弃的念头，她还在一句句地问着，每一个字都像是实打实地凿在苏远的心上。

"都错了……"苏远捂住额头，突然发声。

楼简立马不再说话，只是等着苏远，接下去他还会说什么？还会用什么样的理由来拒绝自己？

"太像了你们。"苏远说着楼简不明白的话，但她的内心竟然突然开始抗拒起了所有的真相，只是苏远已经停不下来了，既然揭开了，不如就干脆直接地说清楚吧。

"你和我喜欢的女孩，实在是太像了，不是说长相，而是你们的性格，我总会……不小心在你的身上看到她的影子。"苏远说着这些话，眸子垂下，一直不去看楼简脸上的表情。

"我对她是求不得。"苏远叹了口气，"对不起会让你误会，因为知道你一开始也只是开个玩笑，所以提出交往什么的，后来……只是觉得你很可爱，比学生更亲近，像是一个小妹妹，就想逗逗你。”

怪不得他印象中，在他喝醉酒的那一天，他曾经对那个女孩子说过很多掏心窝子的话。

“至于那一晚所发生的事情，不瞒你说，那天是她订婚的日子……对，那个人喜欢的是我的哥哥，所以一贯很有自制力的我，也喝多了一些。至于为什么喝醉了之后会来找你，我自己也很混乱，不太清楚……”

楼简听完苏远的这番话，像是被催眠的人忽然清醒了过来一般，察觉自己已经泪流满面。

她捂住自己的脸，努力将自己脆弱的那一面遮掩住。

原来事情是这样，苏远对自己的好，苏远对自己的告白，原来都是虚幻的，这样一切就能说通了，为什么他一直以来都只是单纯地对自己好，却从来没有过一丁点暧昧的表示。

他确实是在对自己喜欢的人好，他是在对自己身上的那个影子好。

“楼简……”苏远看楼简站在原地，许久沉默的样子，是那样的无助，他伸手试图将她搂进怀里安慰一下，殊不知这个动作却意外地点燃了楼简的情绪。

“放开我！”楼简用力挣扎开他。

没有人可以要求一个人一定要回应自己的告白，可楼简万万没想到，原来从一开始，这件事就是一个虚幻的误会。

刚刚她还在想，反正不会更糟糕，现在看来，真的是她太天真了，更糟糕的事情不是还有很多吗？

自己是一个奇怪的替身……

很可能是苏远情感上的替身，他得不到那个自己喜欢的女孩，而她刚好，在某些方面与那个女孩有那么一丁点的相似，又刚刚好在这种错误的时间里出现，于是……很可悲地成为一个十足的傻瓜。

楼简控制不住自己的眼泪，只能让长长的头发遮掩住一些自己的尴尬：“我都知道了。是我理解错误，自作多情了。”

“不不不，这都是我的错……我……”苏远在看到楼简那双含着雾气、亮晶晶的黑眼睛的时候，所有的话，都像是被堵在了喉咙里，什么都说不出了。

楼简深深地看了他一眼，轻轻点头：“那我回去了，你不用送我了。”

苏远站在原地，没有再追上去，或许……冷静一下，暂时不要见到他，对楼简比较好。

楼简转身的那一刻，就知道，以后，他们不会再有机会见面了。

楼简没有对苏远说再见，是因为不想再见，也不必再见。自始至终，她都没有告诉苏远，楼繁已经回来的消息，现在看来，也没有必要说了。

省得两个人都尴尬吧，说起来苏远将自己当成替身确实不厚道，但是想一想……在W市的这段日子里，自己也受到了他的很多照顾，她只是自己会错意导致自己失恋，她也不想再去纠结这样的事情究竟是谁的错。就当之前的那几个月，大家都只是在演一出可笑的喜剧吧。

他们本来就不应该有交集，能当一次彼此生命中的过客，也算是别样的缘分了吧。

三天后，楼简便收拾好了东西，直接踏上了回家的火车。

这座城市，如果没有必要，她确实不会再回来。

都说一段情感，一座城，以前的楼简总觉得这样的话实在是矫情得要命，现在自己真正喜欢上了一个人才发现，原来真的是会因为一个人而对一座城市的感情有所改变的。

人生就是这么神奇，短短的几个月时间，经历的事情，简直堪比她之前的十几年人生。

好啦！楼简双手握拳，给自己加油。

这一点点小事算什么啦！没有失恋过的人生才不完美嘛！她这样一个如花似玉的花季少女，怎么会一直这样念念不忘一个人呢！

不知道是不是情场失意职场得意，楼简的条漫日渐火热，她收获了一大拨忠诚的粉丝。

《远近》已经得到了多数读者的认可，虽然最后因为作品题材与故事意义的问题只获得了比赛的二等奖，但她塑造故事的能力、分镜与画功都得到了评委们的一致认可。

与此同时，楼简也开始构思另一个故事，这个故事是在她和苏远分开，还没回家的那两天里，一个人闷在屋子里凭着感觉设计出的脚本。

这是一部与《远近》完全不同风格的故事，楼简却也不害怕转换风格之后不被读者所接受，从一开始，她想要的就是画属于自己的故事。

因为得了奖，在微博上也人气大增，楼简现如今的身价也与过去不可同日而语了，一幅插画的价格涨了许多，不仅可以养活自己，甚至还渐渐开始有了积蓄。

同时也有很多广告创意漫画一类的公司向她发出邀请，起初收到这些邀请通知函的时候，楼简还是很惊喜的，不过之后收到这样的邀请多了，她也慢慢地习惯，并且认真考虑起了工作的问题。

如果有适合的公司，倒是可以去试一试的，只是她挑挑选选了一番，发现那些公司不是薪资不满意，就是上班时间太苛刻。也有几个上班时间与工资她都比较满意，可是工作的城市实在是太远了一点。

她宅惯了，还是喜欢依恋家里，即便是可以独立，也并不想离自己的家人太远，看来真的是机遇还没到啊。

寒假过得平淡而温馨。

楼繁还在继续和她的那个热恋男友如胶似漆，爸妈虽然气坏了，可女儿回家了也是好事。

什么事情能比得过，一家人平平安安不愁吃穿地幸福生活在一起呢?

开始全职画画之后，楼简漫画的产量与质量就达到了一个新的高度。

爸妈也没有食言，给她买了数位屏，只要沉浸在画画里，她就基本不会再想起有关于苏远的事情。

年三十，跨年钟声敲响的那一刻，楼简竟鬼使神差地将那张她在W市用的手机卡，重新插回了手机里。手机的短信也不是很多，想想也对，她一直都是以楼繁的身份生活在那里，唯一一个值得交往的朋友就是林展飞。

所以，楼简还是和林展飞说了自己顶替楼繁上学的事情，并且给林展飞留下了自己回家之后用的号码。两个人有时候还会在微信或者是QQ上调侃笑闹，当然，楼简对他交代出事情全部真相的时候，并没有告诉他关于自己和苏远之间的事情。

反正……也只是过去的事情了。

手机嗡嗡振动了一下，突然屋外噼里啪啦地响起了鞭炮声，哪怕是再禁燃，也总有那么几个不怕死的家伙，抵抗着规定违规放鞭炮，虽是不对的，却也给节日里带来不少的气氛。

十二点已过，又是新的一年到来，辞旧迎新四个字，现在对于楼简来说，也是非常急需的一个词。

“新年快乐。”

手机里静静躺着苏远发来的简单的四个字，压着零点发过来的，楼简心跳有那么一刻的错乱，但是……

大概是群发什么的吧，楼简唇角忍不住勾了一下，千万不能再做自作多情的事情了，她楼简，早就想得很明白了。

窗外，又不知道哪家花了大价钱，开始放烟花，一朵朵光焰在空中炸开，接着迅速陨落。

楼简关机，想了想，一咬牙取出那张电话卡，用力掰断了，扔进了垃圾桶里。

第九章 重新振作，加油！

Hey, I kind of like you

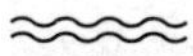

一切似乎都在往好的方向发展，只不过名声大噪给楼简带来的不仅是人气与利益，还有其他随之而来的一些烦心事。

比如此刻，楼简更新的《远近》新一期的条漫下面，就出现了一些星星点点奇怪的抗议声。

@非你不近：呵呵呵呵？WTF？这浓浓的非近大人即视感是怎么回事？怎么着，欺负我们过气网红没粉丝了是吧？

@我是伪娘我怕谁：要不是你们说……我完全想不起来，这么一看，确实…………简直就是非近啊。

@天降苦心：非近大人早就退圈好多年，怎么这会儿才被拉出来？不过，这画的，这人设，我已经无法帮楼大来圆场了。

@画渣努力学画中：所以咯？

@叽咕和咕叽：这样真的没关系吗？赤裸裸地盗用人设？

@再买手办就剁手：拜托，不要把二次元的事情和三次元的事情掺和在一起好吗？神烦！

@孤孤孤孤孤青禾：？非近是什么人？

@音归归：什么过期网红？搜了半天，也没搜到什么非近啊，楼上都在瞎闹什么？

楼简完美感受到了什么叫作树大招风，不过，他们说的这些，也都并非子虚乌有，因为《远近》里面的这个小受的原型，确实是他们的非近大人。

只是这样声讨楼简的声音非常微小，加上非近唱歌是真的很难听，除了少数还支持他的粉丝之外，其他很多都是在一旁围观看热闹的，再不就是砸两块砖头落井下石的群众。

楼简也侧面地了解到，原来非近早已不在网络直播间了。

这么说，这位非近大人应该是已经退圈了，所以人设什么的，他也并不会继续在意下去了吧。

与此同时，楼简的新漫画开始连载，令她完全没有想到，这种清丽的画风、唯美的故事，竟然没有遭到嫌弃，还受到了一众读者的喜欢。

或许，也是因为现在浮夸逗乐的段子太多了，偶尔出现几个这样的小清新连载漫画，也算是让人们眼前一亮了。

没有任何营销号来帮楼简宣传，她新连载的第一章就已经破了十万转发，这是一个非常惊人的数字。

还好，她喜欢的故事，得到了大家的认同。楼简望着电脑屏幕上大家的留言，情不自禁地勾起了唇角。

@萝莉不乖：天哪，这也太美了吧！！大大求更啊！

@骑着小狗太有趣：竟然不是腐漫，不过！！！太出乎我意料了，大大！我要被你掰直了！！！

@七七七日蝉：第一次看大大的漫画，感觉非常好！

@一只欢乐的花娘：发现新条漫。救命！！！！！美哭！！！！！

@每天熬夜赶稿的苦：喜欢小妖精！

@林盏keo：2333333@每天熬夜赶稿的苦，人家是小精灵好不好！

@蘑菇屯的小河蟹：画风大赞！追了！美到什么都不说了，只有666666……

@画渣努力学画中：大大！新坑继续追哦！晚安！

与此同时，在电脑的另一端……

苏远手里拿着电话，播出楼简的号码，依旧得到的是“您所拨打的用户无法接通”的提示音。

这是拉黑了他的节奏吗？苏远的双唇抿成一条直线，无奈之后，只能轻叹了一口气。

想到了那天楼简那样难过的表情，心脏不禁微微一动，还是对楼简有所愧疚，以后，应该对她更好一些，对，只是单纯地对楼简好，而不是因为她与自己喜欢的那个人相像，只因为她是楼简。

反正……到了开学的时候再说吧！

只是没有了楼简，似乎生活变得有些无聊了起来呢。

本来说好的，要去她老家玩，要不是有这次突如其来的告白事件，大概现在已经可以实施行动了吧。

苏远这么想着，一边用左手指尖轻轻托住自己的下巴，一边百无聊赖地打开了电脑，看到电脑屏幕上躺着的那款直播应用软件，忍不住笑了起来。

这是之前他和一帮公子哥损友打赌输了之后，自作孽不可活地答应了这样的惩罚。

如果自己输了，就去视频直播网站直播唱歌半个月。

都知道他唱歌是完全不着调的，就算是最不需要调子的Rap也会给你唱出另一番风味来，因此被恶搞了一把。

这个直播网站是那个好友家自己开的，为了“羞辱”他，就将他的房间排在了最显眼的位置。

记得当时还有几个以前房主的粉丝来找他麻烦，不过，他也并不在意这种事情，反正也不过是一次有趣的经历而已。

苏远一边想着，一边又打开了之前特别为这个直播申请的一个QQ小号。

为期半个月的直播，苏远自己都没有想到，就算是他这种完全没有调子的歌声，竟然也引来了一帮热情的姑娘，成为他的后援团。

苏远虽然不能理解，但伸手不打笑脸人，更何况那些姑娘都是实打实地真心实意喜欢他。

拥有非一般撩妹技能的苏远，自然是将那一帮小粉丝收得服服帖帖，一个个都表示对他忠心不二。

不过，在这样一个网络时代，信息流通速度简直堪比火箭，自己这么久没上线，一定早就被她们遗忘了吧。

苏远的想法很快得到了印证，他的死忠小粉丝们，原本套着与他名字当马甲的一众妹子，早已经不是改成了别人的粉丝马甲，就是头像永远灰暗，大概是已经放弃了这个账号了。

原本建立的群里，也走了很多人，留下的，也都是全体潜水的小号。

不得不说，还真有点物是人非的感觉呢。

尽管如此，接二连三地，还是有一些比较久远的留言，嘀嘀嘀轻声提示了起来。

苏远随手打开了最近发的一条。

乔圈圈 2016-5-19 17:40:58

非近大人，非近大人！虽然不知道你什么时候会上线，甚至是不知道你还会不会再上线……但是我还是想发来这个，你快看一下，就是这个微博链接http://weibo.com/1735625550/Dx0pjtnpt?from=page_1035051735625550_profile&wvr=6&mod=weibotime&type=comment

现在可火了……

嘤嘤，但是她绝对是黑你的！！

居然把你画成这个样子还是……

还是耽美漫画……

好吧，耽美漫画也就算了……

关！键！是！

你还是受哎！

这这这，简直不能忍！

你居然被画成了一只小受！

快点出来！主持公道吧！

没错，非近，就是他在网站用的艺名，非近便是苏远，这个名字也是他随手取出来的。

苏远被这个小粉丝接连发出的夸张留言给逗笑了，便顺手回复了一句：谢谢，我会去看的。

然后是下一条，苏远发现……这是另一个小粉丝，但是内容与刚刚那个也大致相同，也发了与上面那条信息同样的链接给苏远。

只是……

他被别人用漫画黑了？

这是什么状况？

苏远顺着小粉丝发来的地址点了进去，是一条微博的条漫，画风很精致，竟然也有些熟悉的感觉……

《远近》这个名字倒是真的有些提起了他的兴趣。

再一看转发量直逼十万，他又有些惊讶，到底这幅条漫里画了什么，能够这么吸引人，让人转发评论这么多。

苏远饶有趣味地打开了那幅条漫。

起初他只是抱着看热闹的心态来看看，到底被画成了什么妖魔鬼怪的样子，结果发现，嗯，自己不仅没有被画丑，还被二次元画得更帅了一些，关键是他越看下去越觉得不对劲。

不仅是这个叫作小近的主播，还有这个远老师……这活脱脱是他日常当老师的形象啊，只是将他性格、外貌等等更夸张了许多。不过，他也懂这完全就是艺术夸张，自己很能接受，因为远老师虽然很BT，但被画得非常帅，而且人气超高。

而这幅条漫的绘画者，苏远的心里基本也已经有了答案。

重新返回微博的首页，他看到了作者的名字，已经有了黄V认证，人气画手，楼简。

果然是她！

除了几幅楼简画出的商插，苏远并没有看过楼简所画的有故事情节的漫画，这么看来，她是真的很有灵气的。

苏远虽然是老师，却不是那种刻板的老师，不管是高端还是低俗，有什么时下流行的东西他不懂的？

更何况在这个网络信息纵横交错漫天飞的时代，苏远当然该知道的都知道，不该知道的……也很清楚！

BL是什么，耽美是什么，小攻小受是什么……

完全是小意思！

只是看着自己的形象被楼简画成这么一副样子……嗯……

他忽然想起来一件事，翻着微博，非常耐心地追溯着这篇漫画最初发第一篇稿的时间，心里就大概有了数。

好吧，或许……还真被那群小粉丝给说中了，这个楼简，起初画这幅漫画的时候，抱着的心态……应该就是黑自己吧。

苏远却并没有因此而生气，反而是忍不住轻笑出声来，这个楼简，总是有那么多让人意想不到的一面。

既然找到了第一篇，苏远就决定从头看到尾，看看这个楼简究竟是怎么用画笔来描绘自己的。

虽然不知道她是怎么知道非近这个人，也不知道她是不是知道非近就是苏远。

但苏远觉得，这也算是一种难得的、奇妙的缘分了吧。

或许，等到新学期，再见到楼简的时候，他可以利用自己已经看了她的漫画这个话题，来缓解一下，之前两人之间的尴尬气氛？

突然觉得……

没有楼简的日子，过得还真是无聊！苏远从来没有什么时候，这么期待赶快工作。

就在苏远的期待中，新学期如期而至。

由于课程安排的关系，专业课慢慢加紧，思修在这学期排课减少，基本每周只有一节，楼繁班级的思修更是被安排在了最为混乱的周五下午。

因此，开学大概有一周多的时间，苏远虽然已经到了学校，但并没有能够见到楼简。

新学期伊始，苏远需要忙碌的事情也很多。

很快到了周五，苏远才想到，这是可以与楼简见面的日子，意外地，他觉得心情不错，忙碌所带来的烦躁感也立马消散了许多。

苏远几乎是一眼就看到了坐在教室后排的“楼简”，只是“楼简”的目光从他身上扫过去，看起来像是不认识他一般，惊艳了一下，接着朝他笑了笑。

楼简的这个反应……实在是有些奇怪……

苏远微微一挑眉，心想，这是……想装作不认识自己？

他唇角微微勾了勾，决定不要轻易放过这个小丫头的这点坏心眼，于是课上到一半，突然说道："下面是提问时间。"

苏远双手撑在讲台两侧，脸稍稍侧过一些，教师的雅痞风范十足，引得台下一干学生都目不转睛地盯着他。

"楼繁同学，请问，什么是民族精神？中华民族精神的内涵是什么？"

被点了名，楼繁自然地站起来，落落大方地开口："民族精神是指一个民族在长期共同生活和社会实践中形成的，为本民族大多数人所认同的价值取向、思维方式、道德规范、精神气质的总和。是一个民族赖以生存和发展的精神支柱。其内涵，是爱国主义、团结统一、爱好和平、勤劳勇敢、自强不息。"

似乎是想给苏远一个绝对的好印象，楼繁笑了笑，没有翻书，开口流畅地回答完苏远提出的问题，并且还获得了同学们的掌声，她有些羞赧地对着大家笑了笑，表示感谢。

看到这一幕，苏远这才惊觉，眼前的人，不是在和自己置气而假装不认识自己，而是……真的不认识自己！

因为眼前的这个人，不是自己之前所认识的楼简！

不是那个敢和自己斗气耍赖、大声告白，代替姐姐上学的小学渣，而是真的楼繁，即便是半个学期没有来上学，也能顺利回答出他的问题，获得众人喝彩的学霸。

苏远莫名觉得心头有种失落感扩散开来，与此同时，胸中竟然有一种压抑的愤怒。

这个楼简！究竟搞什么鬼？

楼繁已经回来上学，而自己却到了现在才知道这件事，楼简为什么不提前通知自己一声？

可同时苏远又觉得自己的气，生得有些莫名其妙，原本，自己就与楼简之间没有任何的瓜葛，她何必对自己特别报备。

楼简，更不需要对自己有任何的交代，更何况，自己之前还那么残忍地拒绝了楼简的告白。

自己有拒绝她的权利，楼简，同样也有不想再见到自己的权利。

难怪他一直打楼简的电话都打不通，原本以为她是气急，将自己拉到了黑名单，但现在想想，或许是她回去了之后，就干脆换了一张电话卡，彻底消失在自己的世界……

“苏老师，我的回答，不对吗？”楼繁抿唇笑了笑，低声细语，温柔地问道。

真是没想到，原来这个学校里还有这么男神的老师！楼繁虽然已经有了相亲相爱的男朋友，但爱美之心人皆有之，老师越帅，学生们上课的注意力就越集中啊。

“可以了，回答得很好。”苏远因为楼繁的声音，恍然惊醒了一般，立马回过神来，保持住自己一如既往的儒雅笑容。

楼繁坐下来的时候，被余薇薇拉了拉衣角：“喂，你原来和苏老师关系可好了，怎么现在这么生疏的样子？”

“哦……”楼繁用指尖按了按自己的额头，假装头疼地说，“大概是……大概是我出意外失忆的时候，忘了和老师的关系了吧……呵呵……呵呵……”

楼繁对学校的事情一概不知，因此，在家的时候也与楼简早就商量好了对策，虽然是个很狗血的理由，但因为她们太像了，即便是撒出这样的慌来，也不会让人怀疑。

苏远因为这件事心情莫名地不太好，随便讲了讲课程的备案，没有再和往常一样，与自己的学生们说笑，直接下了课。

差不多是所有的人，都看了出来，苏远周身的低气压。

苏远走出教室，往前走的步子却很慢，他的余光看见了楼繁同余薇薇一起，有说有笑地从教室里走了出来。

他停顿了一下，还是收起了自己想问她要楼简联系方式的冲动。

因为这样太奇怪了，看今天楼繁对自己的态度，楼简十有八九不会将两人之间的爱恨情仇和楼繁交代了。

自己要是问了，会不会对楼简不太好？

可如果不问楼繁关于楼简的事情，那自己和楼简就真的再也没有联系的可能了！

不知道为什么，只要一想到自己和楼简往后再也没有交集，苏远就觉得心烦意乱。

还是觉得自己对不起她吧，想要努力给予她补偿，可是，或许楼简之后并不需要自己。

此刻的楼简，却没有那么多的心思思虑自己的儿女情长，因为她正在为自己的新漫画而忙碌着。

因为新的条漫公布之后，令她完全没有想到，竟然比当下最红火的卖腐题材的漫画人气更甚，一夜之间转发量破二十万，甚至被一些网红、明星纷纷转发，表达自己的感慨。

但其实……这个故事，很简单。

这是一个关于精灵少女的故事。

精灵少女从小通体都是透明的水蓝色，是一方山林的守护神，尽管样子怪异，但她却从不自卑，自认为自己也和其他的女孩子一样，可以变得美丽，可以得到属于自己的幸福。

终于有一天，属于她的幸福，到来了。

她遇到了自己命定中的那个人，她喜欢上了他，不，甚至可以说是疯狂地爱上了他。

精灵少女从不自卑，却不知该如何接近这位少年。

因为一次意外，机会来了，一位人类少女误入森林之中，找不到方向，失足从悬崖上跌落了下去。精灵少女本可以救起人类少女，却又犹豫了，最终，她选择穿上人类少女的衣服，易容成人类少女的样子。

至于她透明的肤色，就撒了个谎，告诉山庄的人，她是不小心食用了森林中的果子导致。

利用了人类少女的身份，精灵少女终于成功地与少年相恋，可就在这个时候，少年竟然发现了她的身份。饶是如此，少年最终也表示，自己已经爱上了她，决定原谅她。

故事本应该就此结束，但楼简，却并没有给这个故事画上一个完美的句号。

少年最后与精灵少女的约会，就是在精灵少女曾经遇到人类少女的那个悬崖边。

直到她自己也从那座悬崖上跌落下去的时候，精灵少女才明白，这是少年对自己的惩罚，故意让自己深深地爱上，无法自拔。最后再告诉她，其实，他对她从来就没有爱过，而是恨，恨死了她当初在这里，身为守护，却没能伸出手来援救他此生唯一挚爱的少女。

这其实，比让她死，更痛苦。

最终，精灵少女坠崖，可却再没有见过她的尸首。

至于，精灵少女当时是自己从悬崖上跳下去的，还是少年狠心将她推下的，楼简同样也并没有画出，而是给了读者更多无限的遐想。也更因为各种猜测与争论，漫画的热度再次被炒得更高了。

人，大概真的不能作恶吧……楼简偶尔会这样想。

即便是一点点的坏心眼，都会招来应得的报应。

就像精灵少女没有帮助人类少女还伪装成她一般，自己帮了楼繁，代替楼繁来上学，如果不是这样，自己可能这一辈子都不会遇到苏远这么讨厌的一个人！

尽管自己的这个故事，算不上曲折离奇。

但却意外地，深入到了每个人的内心。

不正是这样吗？我们普通人的爱情，哪里有那么多巧合与曲折的故事，最终剩下的，不过是爱或者不爱罢了。

少年自始至终，没有爱过精灵少女，所以她才会有着这样一个悲戚的结局。

楼简望着自己的漫画下，一条条触动她的留言，终于知道什么叫作同是天涯沦落人。

好吧，她内心阴暗地想，看到有这么多人和自己一样曾经失恋，自己就不要再继续回顾过往那些乱七八糟的事情了！

她应该早就振作了起来吧，不会再想到那个人，可是，又好矛盾。

如果不是想到了苏远，她又怎么会情不自禁地画出了这个故事来？

没错，她没办法说服自己，这个精灵少女，简直就是自己的翻版。

一个披着伪装的姑娘，最终反而被别人骗了的故事。

反正，苏远也看不到自己的这个故事！

楼简这样安慰自己。

然而……

苏远真的看不到这个故事吗？

关闭条漫的最终话。

苏远终于将楼简最近发布的新漫画《精灵少女》，全部看完了。

原本以为只是普通的少女漫画，谁知道越是看到后面，他的心里就越不是滋味。

到底是发生了什么样的事情，叫原本画着喜剧漫画的楼简画风突变，画出了这样一个故事呢？

这其中的缘由，大概除了他苏远，没有别的人，能够猜得出来。

又看了一眼精灵少女最后跳崖时刻的神色，苏远竟然觉得楼简那天对自己告白时泫然欲泣的脸与精灵少女绝望的表情竟然完美重合……

这……这简直就是在利用漫画来控诉自己的可恶罪行啊。

又对着手机屏幕愣怔了半天，苏远终于深呼吸吐气，还是在漫画的下方留了言：我觉得，《精灵少女》一定会有续篇。

是的，他不会允许，所有的事情，就此终结。

这似乎是一件非常糟糕的事情，苏远曾经是个花花公子，也玩弄过感情，当过最糟糕的，人们口中常提到的，对感情无所谓的“渣男”。

对喜欢的人做出了不可原谅的坏事，最后幡然醒悟，原来自己是喜欢她的。

可现实总不是小说，没有一个人会永远在原地等着你，也没有一个人有权利要求另一个人永远等待自己。

面对楼简的时候，苏远努力做到最好，只是希望她开心，可结果却好像适得其反。

他在努力对楼简好，却又给不了她最想要的，关键是，他企图对楼简的好，却并不是对楼简这个人，而是在试图努力弥补自己曾经的过失。

将楼简当成了别人的替身……

他怎么还是……还是变成了一个彻头彻尾的渣男？！

不，如果能再次相遇的话，他一定会告诉楼简，他会重新将她放在心里正确的位置，来认真对待。

只是要怎么重新和楼简联系上?

苏远显然并不想就此与楼简说再见，在看完了她的漫画之后，这样的情绪更甚。

苏远思虑了一会儿，身为一个老师，并不想将自己的私生活带入到工作中。

虽然这点在楼简的身上已经打破了，但她真的只是一个意外而已。

因为坚持自己的原则，苏远并不想去问楼繁关于楼简的事情。也就是说……需要找点其他方法来接近楼简。

苏远一边想，一边翻看着楼简的微博……看她提到最近几个公司都在向她抛出橄榄枝，要招她去做美编的事情，忽然灵光一闪。

苏远立马调出手机里的某个电话号码，直接拨通："喂！苏宸……你最近不是要放假……这样，作为交换，我帮你管几天公司，你帮我办件事……"

楼简依旧在画着自己的漫画，随时等待机遇，能够找到一个真正稳定下来的工作。

要相信，馅饼总是会砸在有准备的人的身上的！

当楼简看到目前全省最大的传媒公司苏娱给自己发来的邀请的时候，就坚信了这句话。

美术宣传岗位，初定月薪三万……一系列的福利好到没朋友啊！

具体事宜，等待面试审核通过之后，再另行协商。

这不是骗子吧？！

第十章
故地重回，陷阱！

Hey, I kind of like you

楼简犹豫了一下，返回去再看，仔细检查，那个私信她的微博号，真的是带着蓝V的官方微博！

“为什么是我？”

楼简自言自语，当然没有人会给予她回答。

最近自己的漫画确实越来越红，已经在与几个出版公司洽谈，准备选择一家进行出版上市，可能也正是因为自己这突然红起来的关系，也被他们所关注了吧。

反正……不管怎么样，有机遇就应该把握住！

楼简直接回了一封私信。

【请问，想去面试的话，需要走什么样的流程吗？】

【我们公司在W市，需要您穿着正装前往面试，关于简历，您可以发一份到我们的邮箱，之后也可以再带上一份。】

W市……

楼简在看到这个的时候，稍稍愣了一下，也就是说，她如果想去苏娱面试的话，就要回到那个地方去。

回去就回去吧！也不是什么大不了的事情，偌大的一座城，也不是说回去了就一定会碰到那个她不想见到的人。

况且，为了一段从来没有开始过的恋情，就放弃这么好的机会，她才不是这么分不清事情轻重的人！

楼简正这么想着，手边的电话，忽然嗡嗡地振动了起来，她看了一眼手机屏幕上显示出的名字，露出无奈的笑容：“你又想干什么？”

“楼简，你不要这么绝情绝义、无理取闹嘛！既然你已经和我交代过了，你和苏师兄不是那种关系，就接受我嘛，接受我吧，好不好？”电话那端传来了林展飞的声音，不必看到他的脸，楼简就自动地脑补出了他抱着电话，犯二的表情。

不用看到，就觉得，太好笑了！

“对不起，我说过林展飞你是个好朋友，但我……我暂时并不想谈论感情的事情，希望你能理解。”

虽然林展飞是这么一副完全不正经的样子，但楼简还是非常正经地回答了他的问题。

自从回了老家之后，林展飞就察觉到了楼简的不对劲，原本楼简并没有准备对他提到关于苏远的事情，但实在架不住他的软磨硬泡，再三追问之下，楼简又是刀子嘴豆腐心的人，就直接全数交代了。

好吧，不说还好，一说，这熊孩子当天直接没有打任何招呼，就从W市坐了过去。

不得不说，当时楼简，还是很感动的。

只是对于林展飞后面的告白，她就只能果断地拒绝了！

“第十八次告白失败。好了，我的心路历程上，又增加了灿烂辉煌的一笔！”林展飞听上去并没有多在意。

楼简也早就习惯了，又被他的话逗笑了，其实两个人在一起的气氛，还是好基友、好哥们的成分居多，但只要一提到感情的事情，难免就会有所破坏。

楼简是万万不敢再乱拿这种事情来开玩笑，更何况，她是真心不想为这样的事情而烦恼。

“不要说这些了！”楼简赶忙岔开话题，“苏娱传媒公司，你知道吗？”

“就是那个……传媒界的大佬嘛，今年全国十佳啊！我们W市的企业，怎么了？”

“我刚刚收到了他们给我的面试通知，说要让我去他们公司面试，如果面试通过……就可以顺利进入公司美术宣传部实习了！”楼简笑着对林展飞说道。

“也就是说，你马上可以回来W市了！”林展飞表示热烈欢迎，这简直是上天给他最最好的机会啊，“你快点回来，这边房子，我一直一个人住呢，房间还给你留着呢！”

“咳，住哪儿嘛……等我来了再议吧。说不定人家那里有不要钱的员工宿舍呢！哦，对了，前提是我要先过了面试！”如果林展飞从来没有对自己表露过一点点的意思，这样嘛，她还可以大大方方地和他男女合租。

现在，林展飞都对自己有所表示，如果再和他住一起，扪心自问，她还没有这么心大！

总之，希望一切顺利，世界和平。

还有……最主要的是，不要再见到苏远！不要再见到苏远！不要再见到苏远！重要的事情，说三遍！

对，就是这样没错！

楼简这一夜，终于得以好眠，不用再使劲用画画将自己陷入一种繁忙到无法思考的境界，才能好好睡觉，醒来。

原因到底是什么？因为找到了好的工作？还是因为……又回到了那座自己其实一直无法忘怀的城市？

楼简将自己要去应聘的事情与家里人说了一番，当然得到了他们的鼎力支持。

更何况，楼繁也在那边，他们想着姐妹俩在一起，说不定能有所照顾。

楼简每天都和楼繁在QQ上有联系，知道她终于融入了大集体，而且，对于学霸的她来说，断档的一个学期的学习，并不算什么。

看到楼繁的学业正在顺利进行，楼简终于也放心下来。

她之前费的那么大一番工夫，算是没白费了。

前几天和楼繁提了一下苏娱招她的事情，结果楼繁比她还要兴奋，连连说苏娱是好公司，如果能进去工作，那就太棒了！

楼简这次收到了苏娱的橄榄枝，在众人面前轮番被这么夸赞了一番，竟然还真的有了些小期待。

不过，楼简知道，面试对她来说，无疑是个巨大的考验。

她学历不算高，又一直在家里宅着，没有经历过真正的职场生活，这一切，对于她来说，都是一个新的开端，一个全新的尝试。

为了能够有更好的状态面试，楼简提前一天来到了W市。

再次踏入这座城市，她有些感慨，但终归，她楼简只是个普通型宅女，又不是什么奇怪的文艺青年，因此，也并没有再多想些其他的。

面试一般来说，除了一个万全的准备，那就是运气与实力的结合了。

进了公司大楼，顺着前台姑娘的指引，楼简来到了面试楼层，直接蒙了……

公司走廊上一长排的位置都被坐满，都是穿着OL套装、化着妆、踩着高跟鞋、手里捧着各种资料、嘴里噼里啪啦背着各类外语，来面试的漂亮女孩子。

身上是正式的职业套装，脸上化着精致的妆容，楼简再低头看了一下自己，简简单单的一套衣服，脸上也只是简单擦了一层BB霜，涂了点淡色的口红。

不知道，这样的自己行不行……

走进去之后，楼简直接找了旁边一个座位坐下来，她观察到，有几个女孩子看到有人进来，也悄悄地将目光往自己的方向移了一些，看了她几眼。

大概因为都是竞争的关系，大家彼此之间也并没有搭讪。

“你好，你就是楼简吗？”一个清脆的声音在楼简的身旁响起。

楼简抬起头，看到一个比自己大不了几岁的女孩子，手里抱着一沓文件，一边低头看着资料，似乎是在核对她的容貌，一边又对她抿着唇笑了笑。

“对，我是楼简。”楼简点点头，心中有些奇怪。

“我叫梦非，总经理助理，是这样的，你需要和我一起去单独面试。”梦非对楼简甜美地微笑着，示意她跟着自己走。

楼简有些诧异，没想到面前这个看上去还有些青涩的女孩子，竟然已经爬到总经理助理这样的职位了，不过，更让她觉得奇怪的是……

“我要去单独面试？”楼简站起身，跟在了梦非的身后，感受到身旁有异样的目光落在她身上，她也压低了自己的声音，小声问道。

“对，你单独去和总经理面试。”梦非认真地回答楼简的问题。

这……这待遇……怎么有点奇怪？

“为什么我是单独去面试的？”

“当然是因为，你是苏……”梦非咳了一声，像是忽然想到了什么，赶忙改口，“当然是因为，你是苏总最看中的人才嘛，当然……需要重视了！”

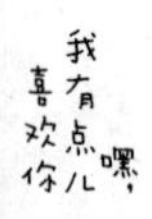

这说辞，虽然觉得有些奇怪，但也没有什么其他的理由好解释这件事。

想想也对，毕竟是苏娱主动找上门来的，她或许真的和别人有些不一样，对于马上要到来的面试，还是单独面试！楼简现在心中充满了紧张，很多细节问题，她也就没有太在意。

楼简跟在梦非的身后，来到一间单独的办公室，从华丽优雅的高品质双开木门就能看出来……使用这间办公室的人，绝对地位很高。

“就在这里，你自己进去，还是我陪你？”梦非看了她一眼，侧过脸来望着她。

“我好紧张啊……”楼简看了一眼梦非，终于还是将心中的感受说了出来。

“那我就陪你进去吧，别紧张！深呼吸，深呼吸！我跟你说，我们苏总吧，他表面上虽然看起来冷冰冰的，一副谁都欠他八百万的样子，其实他这个人心地很善良的。虽然公事公办，但也不是不近人情，和他接触多了之后，你会发现，原来他并不是对人冷漠，而是……他不知道该在什么时候，表达出自己正确的情感……”

“你对总经理，真了解哦。”楼简没想到随口的一句话，说得梦非立马脸涨得通红了起来。

“哎呀！好了好了，不要再说了，快进去吧！”梦非没有再继续和她闲聊，伸手推着她进去。

不会吧，难道，这位姑娘的总经理助理职位，是传说中的潜规则得来的？

来不及多想一下，楼简就看到梦非敲了敲大门，直接推了进去。

楼简和梦非两个人径直走了过去，梦非对端坐在黑漆实木办公桌后的总经理介绍：“这位就是来应聘的楼简小姐。”

听到面前的人开口说话，苏宸抬起头来看了一眼梦非介绍的楼简，没忍住地上下打量着这个女孩。

“苏总您好。”楼简抿着唇，对苏宸笑了笑，当然注意到了他奇怪的目光。

苏宸点了点头，翻开手边楼简的简历：“经历单薄。”

楼简一愣，反应过来，这是苏宸在分析自己的简历，她并没有在这点上为自己找借口，反而大方地点点头，承认了：“是这样的，在此之前，我并没有做过太多美术宣传的相关工作。不过，我从小就喜欢画画，也画过不少商业性的漫画与插画，您可以看一下，我资料里，也有打印出一些。我可以熟练运用所有的绘图软件，不论是手绘还是板绘都可以上手。当然，有关于设计方面，我还需要稍微多学习一下……”

苏宸翻完手里的东西，又看了一眼楼简：“可以。”

“太好了！恭喜啊，楼简！”梦非抓住楼简的手，摇了摇，“以后我们可就是同事啦！”

这就……行了？！

楼简瞪了瞪圆圆的大眼，完全还在状况之外。

直到被梦非拉着走出总经理办公室，准备去人事部报到，楼简才回过神来奇怪地问：“这么简单，就可以了？”

梦非点点头，似乎早已经习惯了总经理的日常：“他不是说了‘可以’嘛，就表示已经录用你了！”

真是个奇怪的公司……不过……

楼简倒是感觉不坏，至少她对今天见到的这位总经理助理与总经理都很有好感。

梦非活泼可爱，对人热情；苏宸虽然冷冰冰的，但办事果断不拖泥带水，倒也是蛮契合的两个人。

而公司美术宣传部的同事们，因为职业的关系，大多是二次元终极拥护者。

这么一来，楼简一下子就和大家打成了一片，在互相交换微博ID的时候，终于再也掩不住自己的身份。

“对了！你是微博上的楼简大神？！哎呀！我特别喜欢《远近》啊！真的是太萌了，什么时候再给《远近》开番外吧！反正《远近》说的都是小日常，一直不完结也没关系啊！”

“啊啊啊啊！大大！居然是你？！虽然我也是从《远近》开始爱上你的画的！但我还是更喜欢《精灵少女》！太感人了啊！狗血，但是，狗血得我喜欢！我想知道，这个结局，应该不会就是这样吧？对了，看你微博好像有提到，之后有可能会出实体书，是不是……实体书会有一个HE的结局，所以公开版就是BE的结局啊？”

看来大家至今都还不怎么能接受得了《精灵少女》的悲剧结局……

只可惜，结局真的只是一场悲剧，或许等某一天，自己真正解开了这个心结时，就会再有心思，给这部漫画里的精灵少女，一个美好的结局吧。

不过没想到的是……自己的这些漫画转发量果然都不是虚假的啊！

或许因为大家都是做美术方面的工作，对于这方面的资讯，关注得也比较多吧。

另一边……

“事成。”办公室里，苏宸面无表情地对着手机的另一端说道。

“苏宸，拜托你打个电话，不用这么吓人吧，能不能好好爱护一下你可爱的弟弟啊！多说两个字行不行？真不知道你那个可爱小助理是怎么受得了你这种性格的。啊，对了，你的意思是……楼简已经成功进了你们公司了？”

和苏宸打电话的时候，通常都会给人一种自言自语的错觉，当然，苏远也早就习惯了这件事了。

“是。她很不错。”苏宸答道。

这是令苏远意想不到的，苏宸是个无比耿直的人，也从不会随便夸奖人，更不会因为楼简是他要求走后门弄进来的人而夸奖她，相反，苏宸虽然会答应让她进入公司，却会对她要求更加严格，没想到……居然还会夸奖她？看来，这个小楼简的表现，还是很不错的嘛。

明显有些得意，苏远笑了笑说：“那当然，也不看是谁介绍来的！”

“你不配她。”苏宸紧接着苏远的话说道。

“刚刚还说要好好爱护弟弟！我不配她？你知道我的学生都怎么评价我吗？颜值高、收入高、个子高的三高男神！我有什么配不上楼简的！”

苏远打趣完，意识到又自以为是了……他拥有了这些，就一定配得上楼简吗？楼简在乎的是这些吗？

怪不得就连苏宸也说出了这样的话来。

“渣，所以，说你不配。”苏宸依旧给他简单但一针见血的答案。

“那有没有什么办法，让自己配一点？”这一次，苏远没有再否定苏宸对自己的评价。

“不知道。”苏宸依旧耿直。

“那你不是白说，反正，我自己也要过来的，不指望你这个低情商能给我什么好的答案了。三天后接班，你可给我把重要的事情都赶紧处理好，不然到时候公司业绩下滑，你也别怪我这个临时的苏总经理。”

其实在知道楼简被苏宸聘用后，苏远就有些迫不及待想立马入驻公司，走马上任，但这样好像显得有些太猴急了点。

三天……

三天应该足够他调整好自己的心态，来面对楼简了。

苏远当然知道，自己在面对楼简的时候，不可避免地会有些尴尬。

为什么会尴尬？正是因为楼简突如其来的告白。

苏远一贯自以为双Q很高，万万没想到自己会栽在了一个小姑娘的手里，因为自我意识过剩而让楼简产生了误会，接着还惨无人道地拒绝了她。

在苏远的认知里，他一直觉得，如果不喜欢对方，就应该毫不留情地拒绝对方。

至少不能拖泥带水，让对方再继续有这样的想法，当断则断，才是应该做的。

这个想法本倒是没有什么错误，错的关键就是……

这种情况，似乎并不太适用于他和楼简之间的关系，苏远当时对待楼简的方法，就是将她当成他喜欢的女孩子那样来爱护，加之两个人之间还有一段似真似假的恋爱关系。

楼简不是自作多情，而是苏远将这一步跨得太远了一些，确实已经越界，超过了朋友这一层界面。

至于苏远对楼简真正的感受。

他自己其实也还没有完全理清，说只是将楼简当朋友，似乎也并不太贴切。

说喜欢楼简，苏远也不敢承认，万一他的那一点点好感，是因为曾经喜欢过的女孩子而对楼简有好感，那他宁愿再不见到楼简。

只是那之后，苏远在学校里遇到了真正的楼繁，才终于明白了，或许楼简真的不会再出现在他的面前，就此消失在了他的世界里。

他不可避免地有些心慌了，他的内心有波动了，他想，至少可以对楼简解释一下自己的心情，告诉她，自己与她在一起的时候，是从没有过撒谎欺骗的行为的。

苏娱的工作气氛轻松，却又不失严谨，大家说笑的时候归说笑，真正到了工作，会非常认真地去完成。

周围的那些同事，与楼简相处得很好，总的来说，这个工作是她非常喜欢的。

楼简这时候正在认真给兄弟公司赞助的某个电视节目画Q版图，因此当外面有人喊她名字的时候，她指尖一划，直接在电脑屏幕上红扑扑小脸的三头身小人嘴边点了一颗媒婆痣。

“楼简是谁？出来一下！”一个浓妆艳抹的女人走到宣传部门前，抬手轻轻叩了两下办公室的大门，靠在门边等着。

楼简微微一顿，不记得自己认识这个女人啊！一身职业

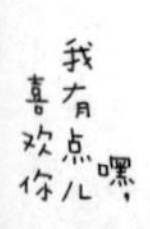

装，却穿出了超级性感的feel。

办公室里的几位同事便不约而同地将目光落在了楼简的身上，那个女人自然也知道了谁是楼简。

“是苏总找你。”她瞥了一眼楼简，说罢这句话，直接转身走人。

“她是谁啊？”一副很嚣张的样子，楼简忍不住在心里暗暗吐槽，从来没有见过，怎么会突然来找自己？

“这个人是总经理助理吧。”一旁的同事听到了楼简的问话，低声在她耳畔说。

“苏总的助理，不是梦非吗？怎么变成了这个女人了？”楼简虽然心里犯着嘀咕，却也不想其他的，于是推开椅子，去找苏宸。

楼简在走廊上思来想去，总经理能找她一个小小宣传有什么事儿？或许他是要告诉自己，关于这几天的实习期，她的表现是不是符合公司的征用标准？

楼简径直朝苏宸的办公室走去，却惊讶地发现，大门紧锁。怎么回事？叫她来，人却不在吗？

刚好有人经过，楼简便赶忙叫住她询问，自己实在路痴……不会走错了吧？

“你好！请问，苏总是搬走了吗？”

“苏总……哦，你找苏副总？苏副总的办公室，不是在那边吗？”那人指了个方向，是另一端的走廊尽头。

楼简一时间没有反应过来那个人话里的出入，点头道了谢，就赶忙朝着另一边跑了过去。

原来是换了办公室？楼简走过去，看到一间和苏宸之前的办公室差不多的房间，走到门前，轻轻敲了敲门。

"谁？"门里传来一个沉稳的男声。

"苏总，是我，楼简。"楼简在外面小声应答道。

"楼简……进来吧！"

怎么声音好像有点不对劲？楼简心里觉得奇怪，却还是老老实实地推门，走了进去。

刚往前走了没两步，楼简便情不自禁地停下了脚步。

她愣愣地望着办公桌后面的那个人，有些不知所措的慌乱，心脏在胸腔中剧烈地跳动。

来W市楼简显然没有其他的顾忌，唯一怕的，就是再次遇到苏远。

一座城市这么大，若非有心，怕是一辈子也偶遇不了几次，楼简甚至想过，会不会在多年后的某一天，她更成熟了，苏远也遇到了那个他真正喜欢的人。

两个人意外擦肩而过，会是怎样的情景？

互相道一句"你好，再见"，还是形同陌路，尴尬寒暄？

却都不是像现在这样的情况。

苏远，苏宸……

这么想来，这两个人，有什么关系？

"你和苏宸……"楼简看了眼前的人片刻，便将目光移开，落在了自己的脚尖。

"苏宸是我的哥哥。苏娱算是传统的家族企业，家里有三个儿子，可惜我和另一个哥哥都志不在此，公司就交给了苏宸一个人。当然，必要的时候，我也会来帮苏宸一些忙，比如现在，苏宸准备带着小女朋友出去卿卿我我，环游一下世界什么的，所以咯，我就回来，帮他做事了。怎么说，我也至少是个挂名的副总啊。”

对，早有听闻苏远是个富二代的事情，如今出现在这里，倒也没有那么让人惊讶。只是楼简一直不知道原来他是一个这么有料的富二代，苏娱可是全国数一数二的大企业。

明明就有享受不尽的荣华富贵，而且以苏远的智商，也肯定能够很好地将公司管理好。却偏偏要去当没有什么前途的教书匠，楼简觉得还真是有些看不懂眼前这个人。

但楼简其实也并不想听苏远说这些，他家族的一些事情，关她什么事？可是出于礼貌，既然别人在说话，楼简就没有打断他的意思。

等到苏远说完，她才终于开口：“苏远，我只想问你一件事，关于我来苏娱工作的事情，到底是公司真的看中了我的能力……还是你用了什么手段，故意将我弄进来的？”

第十一章
重修旧好，没门！

Hey, I kind of like you

楼简在看到苏远的一瞬间，是惊心动魄无法抑制的情绪在身体里滋生，但在冷静下来之后，想到的，又是别的问题了。

苏远倒也聪明，没有与她在这个问题上纠缠，只是笑了笑："苏宸可是和我说，你非常有才华，他觉得你很好，看来转正也不成问题了。"

楼简看苏远顾左右而言其他，心中知道了答案："这么说，我来苏娱工作，真的是你的……你的计谋了？"

她稍微思索了一下，就知道了，她为什么会突然收到苏娱的邀请。

楼简在微博上，也并不隐藏自己的真实身份，虽然微博名用的不是原名，但认证的却是画师楼简。

只是她不知道苏远这到底是什么意思？

明明已经拒绝了她，真正的楼繁也回到了原位，两个人现在完全可以算是毫无交集了吧。为什么？为什么他还要做这些毫无意义的事情，或者应该说，苏远还不知道，她其实非常不想再见到他了吧。

"计谋……"苏远的口中暗暗念了一下这两个字，显然这个字眼让他并不太舒服，但他显然也做不到欺骗楼简，说这件事完全只是个巧合，与自己无关。

"明天我就会辞职。"楼简果断地说道。

苏远有些吃惊地抬起头来，望着楼简，看到她面上没有太大的波动，似乎是勇者向前毫无畏惧一般，不知道为什么，心里竟然有些堵得慌。他宁愿看到过去那个……有点小女生脾气、容易爹毛的楼简。

如果是以前，楼简大概会跳出来，指着他鼻子说："苏远你好卑鄙！本小姐不干了！"

然后他就能游刃有余地舌灿如莲，与她斗嘴。

但是她没有……

“你明明也很喜欢这个工作，福利待遇，怕是很难再有比苏娱还好的了。你真的要因为我，这么意气用事吗？”苏远深深地看着楼简。

楼简抿了抿唇，只是继续说道：“趁我现在还是实习期，要走的话先走比较好，若是有机会转正，到时候我再想离开就更难了。”

“你手上还有项目吧？”苏远忽然打断了楼简的话。

楼简停顿了一下，接着点了点头：“是的，我手上还有些活儿……”

不比其他的，美术宣传这项工作，楼简自然是比较偏向于美术的。因为是实习期，她虽然也有一些自己的创作理念，并且也初步拟出了一些文案，但现在她暂时只需要负责一些后续的绘画项目就可以了。

楼简刚交上去的提案大家还没有进行开会商讨，本来这是她一手策划到实施，更进一步实现自己想法的时候，但面对现在这样的状况，她还是选择离开比较好。

“那就再待一段时间。”苏远见她停顿，忙抓住机会，“等你把手上的东西结束了之后……再跟我提辞职的事情。”

楼简稍稍犹豫了一下，最后还是点头同意了。

说到底，至少她现在正在画的那些东西，暂时不能丢下，换人做的话，理念甚至是最基础的画风，都会有所改变，楼简当然不会做这种不负责任的人。

“那没什么事的话……我就先回去工作了。”楼简努力让自己更镇定地表现出自己的态度。

苏远做出一个请便的手势，微微点了一下头。

望着楼简离开的背影，苏远微微蹙眉思索着什么。

楼简的态度与性情，怎么可能会在几个月里，就转变得这么快?

楼简变成这样，只有两种可能：一个，是遭遇了什么大的变故；第二……就是装的!

现在从苏远的角度来看，楼简绝对是佯装镇定。

转身离开的楼简，直到走出苏远办公室好一会儿，才终于放松了下来，一直强撑着的气势全无。

她没有回自己的办公室，而是靠在无人的走廊上，按住自己怦怦乱跳的心脏。

明明告诉过自己，就算意外再见了苏远，也必须要冷静地面对，当作过往不存在。毕竟，被拒绝的恋情，没有什么人愿意再想起。

虽然楼简刚刚表面上是做到了，但其实心里早就成为一团乱麻，特别是在知道苏远是为了诓自己回来，故意让苏宸聘用自己的时候，更是乱了方寸。

到底苏远的目的是什么？自己走也舍不得，留，也是绝对不行的!

楼简平复了一会儿，心情总算缓和一些，才回到了办公室里。犹豫了一下，她还是没有将自己有辞职意向的事情说出来。

本以为只是那天遇到一次而已，楼简在想，至少自己能先做完手里的事情，谁知道……

“副总，您看看这是我们这个月的业绩，哎呀……是真的不知道您会亲自来视察工作，所以没有太多的准备，您就勉强看一下吧。”

楼简额头上挂满了黑线，向来宣传这边有什么安排都是主管直接找到苏宸汇报，他们部门还算是一个比较安定、勤恳做事的团队。

苏远竟然就这么直接来了，楼简不想太过自作多情，觉得他这次突袭是因为自己，但她绝对不想这么快就再和他见面！

苏远这会儿帮苏宸代班，倒是完全没有不好意思做出一副领导模样，美其名曰，来各个部门熟悉一下，鬼知道他到底打的什么主意。

楼简决定假装没见过他，继续埋头在屏幕、板子中，反正对他汇报工作这样的事情，是属于他们主管的职责，他们这些小兵，自然是勤勤恳恳做事咯。

“画得很好啊，颜色我很喜欢。”苏远不知道什么时候出现，突然从楼简的脸侧凑近了过来。

楼简愣了一下，听到耳畔有声音，下意识地转过脸去，谁知道苏远贴得很近，她转过来的时候，鼻尖与唇，若有似无地碰到了一下苏远的脸颊。

“唔……”

楼简下意识地往后退了一些，捂住自己的唇瓣。

“不好意思，吓到你了？”苏远稍稍撤回了一些身子，脸上笑意更深，也看不出，刚刚他是否有感觉到，楼简的唇不小心碰在了他的脸上。

“副总，我正在工作，麻烦您不要来打扰我！”楼简脸已经涨得通红，像是一个熟透了的番茄，尽管她已经在努力平复自己的心情，但现在要她完全忽略苏远，是绝对不可能的。

苏远看着她一本正经的模样，心里忍不住觉得好笑。

直白地表达自己想法的楼简，意外地可爱。

“那可真不好意思，我只是想夸奖你一下，觉得你的进步越来越大，现在画的画，比起当初微博上的那些条漫还要更好了一些。”苏远微笑着说道。

楼简听到苏远的话一愣，这才想到一件被自己忽略的事情，那就是自己的画！

如果自己来苏娱的事情，确实与苏远有关，那么也就是说，他已经知道了自己的微博，这就代表，他很有可能已经看过自己在微博上的作品了？

《精灵少女》里面，分分钟透露出自己失恋的情感，这种丢脸丢到银河系的事情也就算了，关键是《远近》这一大耽美脑洞漫画，要是被苏远看到了……也不知道他有没有看到。

最重要的是，那个远老师的原型可就是他，苏远如果看了，也绝对能猜得出来吧！

楼简忽然抓住了点什么！

难不成，苏远就是看到了自己故意这么画了漫画来黑他，所以才……故意要再将自己弄回来，想法整自己吗？

苏远应该不会这么闲吧！但真的很难说啊，苏远向来都是做这种无聊事情的人，富二代大少爷，整天不愁吃穿，不得给自己找点乐子吗？

楼简坐在那里心如乱麻，胡思乱想。

苏远看她突然这么心不在焉的样子，也知道是自己突然出现，影响了她的情绪，心里格外高兴。

还能影响到楼简的情绪，这明显就意味着他在楼简的心里，还有那么几分重要。果然，之前面无表情，完全镇定的样子，就是装出来的吧。

“好久不见，晚上吃个饭吧，你下班了就打电话给我。”苏远压低了声音，不让旁边的闲杂人等听到，一边这样说着，一边将口袋里的名片塞到了楼简的手里。

“嗯……啊！不是，等等！”楼简刚刚还在出神，因此没太注意到苏远的话，应了之后才反应过来，他说了什么。可苏远跑得快，转身风风火火又走了，她是追都来不及。

“真是糟糕……”

楼简抱住自己的脑袋，只觉得心里很烦——为什么你要再次出现，又为什么要再来撩拨我？！

苏远你到底够了没有？同样的游戏，还要玩第二次吗？你耗得起，我楼简可耗不起。

一整个下午，楼简做什么都没感觉，一张图上底色都上了好几个小时，怎么看怎么不顺眼。

平时都期待着下班时间，偏偏今天，越是临近下班，楼简越是觉得烦躁，总是不由自主地想到苏远将那张名片塞给自己时候的表情，到底要怎么办?

面对苏远，楼简就是完全没有办法冷静下来。但越是这样影响你的人，也就意味着，他对自己的意义越大。

楼简越想越觉得烦躁，好在手机在口袋里忽然振动了起来，终于转移了她的注意，她低头看了一下，发现是林展飞。

“喂！楼简同学！今晚的约！约约约！”林展飞在电话那头兴奋地说，“你不会忘了吧？！”

当然没忘，楼简烦的就是这个。

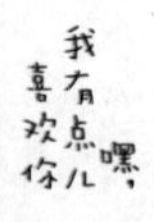

苏远连句话都不让她说就走了，显然是怕她拒绝，但问题是，她已经和林展飞事先有了约定。

“没忘，也……没有任何计划变动，七点，茉莉茶餐厅不见不散。”楼简没有丝毫的犹豫，应了林展飞。

挂了电话之后，楼简的手指在手机屏幕上来回游走，最终还是决定按下了苏远的电话号码。

“喂！楼简，你们已经下班了吗？那我过来找你？或者你觉得还是在公司外面见比较好？这次我预约了一个……”苏远接了电话，立刻就说了起来。

“抱歉，副总，我想和您说的是，我今天已经有约了。”楼简说完，怕苏远误会些什么，又补充了一句，“我是真的和别人，在您之前就有约了，不是故意的。”

苏远在电话那边停顿了一下，没有出声，但很快又不甚在意地说：“原来是这样，既然你有约在先，我就不强求了。”

苏远的电话挂得很快，楼简看了一眼手机屏幕，不知道为什么心中竟然有些微失落的感觉。怎么……这挂得也太快了吧？

不过，楼简又觉得自己矫情，明明是自己回绝了苏远的邀请，别人直接挂电话，那也是正常的吧。

楼简一边坐电梯下楼，一边打了个电话给林展飞。

“我就要到了！楼简稍等我一下哦！地铁还有三站了。”林展飞不论任何时候，都是这样元气满满。

他就是这样一个人，时刻充满了正能量，和他做朋友，不仅没有任何的压力，还会让你重新振作起来。

楼简站在公司外等林展飞，林展飞坐了地铁，估计还有十分钟左右就到了，到了之后两个人就直接打车去吃饭好了。

楼简远远地看到公司不远处的出站口，林展飞从里面走了出来。

“你现在发达了啊！”林展飞抬头，看了一眼苏娱的高楼，脸上是向往的表情，“要有一天，我也可以创办这样的公司，不过……也只是我的妄想吧，哈哈！”

“哪有这回事。大公司也有大公司烦心的事情，我现在工作了，自己喜欢的东西，也只能少画一点了。”楼简有些遗憾又有些无奈地说。

“嗯，这倒是。”林展飞想了想，露出有些不怀好意的笑来，“不如这样！以后等我事业有成，养你，你就专心在家，想画什么，就画什么，怎么样？”

“好了！你真是够了！再提，我选择死亡！”林展飞虽然心大，却也知道什么叫循序渐进。他被拒绝，却也不是完全无动于衷，经常会打一些这样的擦边球，让楼简又不能批评他这样的行为，渐渐越来越了解他是真的喜欢她，不只是说笑而已。好在，楼简也能用说笑的方式，将林展飞这样的话给再拒绝回去。

“说起来，你为什么不和我回去住？那样我们也能……”林展飞望着楼简，话说到了一半，却忽然停止了下来。

“怎么了？”楼简发现林展飞停顿了下来，没有继续说话，目光直直地盯着她的身后看。

楼简察觉到了林展飞的视线，便下意识地也转过身去，朝自己的身后看了一眼。

只一眼，楼简的身体便像是被钉在了原地，完全不能动弹了一般。

因为她看到苏远从苏娱的大楼里，一步步、慢慢地走了出来，他的脸上没有了表情，不再像往常那样带着温柔的笑，而是有些冷的。

现在苏远走过来的方向，是正对着他们的，楼简下意识地转过脸，似乎是想要避开他看向自己的目光。

“苏师兄，你好啊！你原来也在苏娱……”林展飞也不笨，苏娱公司的名字一出口，忽然也明白了过来，苏娱苏娱，苏远又是个富二代，总不会，苏远就是和这个苏娱有什么关系吧！“苏娱，是师兄家开的啊？”

苏远停在了两个人的面前，听到林展飞在对他说话，脸上的表情终于有些细微的松动。

“楼简拒绝了我的邀请，原来是和你有约了啊。”苏远这话是对林展飞说的，目光却落在楼简的身上。

林展飞脸上的笑容明显一滞，却还是努力地表现出自己的友好，大声笑着说道：“是啊！我和楼简老早就约好了，她回W市都好几天了，竟然到现在才有空和我吃顿饭，你说是不是很不应该？”

苏远还是看着楼简：“是挺不应该的。”

楼简不知道为什么，自己明明应该很有底气，却没有办法适应苏远的目光，于是小声说道：“总有先来后到……”

“先来后到。”苏远缓慢地念了一下这四个字，接着终于笑了出来，“楼简又不是什么难见到的国家领导人，还要预约排队，一个个见吗？既然这么巧，不如我们一起去吃个饭？”

“这……”林展飞心里当然是一百个不愿意，他怎么能眼睁睁地看着苏远再一次插足到他们中间？！

苏远低下头，看了一眼腕上的手表：“坐我的车去吧，我预约好了位置。”

“不用了，真的！”楼简还是开口拒绝了苏远，“我是想要，和林展飞单独吃个饭。”

“你说什么楼简？”苏远伸手，一把捉住了楼简的手腕，听到楼简这么拒绝他，却一定要和别人单独吃饭，心中自然是被怒火全部都占领了。

林展飞，他怎么会不记得这个人？曾经和楼简假扮过男女朋友，他怎会看不出来，这个男人，对楼简有意思？

这算不算是乘虚而入？该死的，要不要行动这么快？他还什么都没有和楼简说清楚，怎么能轻易让她就这样被别的男人先抢走？

苏远想着，捏着楼简的手，不由自主地又收紧了一些，像是只要他抓得紧，便能够将楼简留住，留在他的身边一般。

“好痛！你干什么苏远？！”楼简吃痛地皱起眉头，看着苏远脸上的表情，觉得眼前这个人有些陌生。

“苏师兄，请你放开楼简好吗？”林展飞伸手握住苏远的手腕，脸上的表情，也变得认真起来。

林展飞平时嘻嘻哈哈，有一点点圆滑，看起来像是个软柿子，实际上，却也是情商颇高的表现，大大咧咧是他的表面，内心当然还是个男人，并且是喜欢楼简的男人。

“一起吃吧！不要这样，就是一顿饭而已。展飞以后，我们还能再单独约。”楼简有些无奈，赶忙想出个折中的方法来。两个人男人互相看不顺眼，浑身上下都写着“不服来战”，她要是再不做点什么，就不好了。

苏远这才松了手，知道刚刚自己一瞬间失了理智，似乎是过分了一些，但他并不想道歉，至少是不想在林展飞的面前失了面子。

不得不说，自从重新找到楼简之后，察觉到了她的不对劲，苏远就已经没有办法再像以前那样淡定。

这样的楼简，会让他有一种好像随时都要把握不住，从自己手里溜走的感觉。

更何况半路还杀出了一个林展飞来搅局，他苏远，竟然也有这样没自信的时候？

“你在这里等我们，我们去车库开车！”苏远没有给两个人独处的机会，伸手一把牵住楼简的手，直接转身带着她往地下车库去。

她有些无奈地跟在苏远身后，以前他们不是没有牵过手，但是从来没有像现在这样，让人觉得气氛尴尬，想要随时逃离。

楼简赶忙制止住自己的想法，不不不，还想什么以前，绝对不能再回头！重蹈覆辙的事情，她是真的不敢再去做了。只是这个苏远，现在态度如此暧昧，到底又是想要怎么样？

“上车。”苏远将车解锁，打开了副驾驶的车门，等楼简上去。

“我们还要回去接林展飞的。”楼简一瞬间就想到苏远这么做的目的，会不会，等自己上车之后，他直接就开车走人，丢下林展飞一个人？

苏远怎么可能猜不出楼简的那点小心思。

“我是这种人？”苏远有些无奈地笑了笑，“在你心里，我就是这种形象？”

“还真是。”楼简也没跟他客气，点点头，直截了当地说，“在别人眼里，你是高帅富、是学霸、是男神、是老师中的战斗机，在我眼里……你就是个彻头彻尾的……”

楼简发现自己说太多了，和苏远的相处模式又差点回到过去的样子，立马停了下来。

“怎么不说下去？”

这当然正中苏远的下怀，至少第一步要先将楼简和他拉回正常的交往状态，即便是从朋友开始也是好的。

“我只想知道，你为什么又来找我？还做一些无意义的事情，让我进苏娱？”楼简觉得有些不耐烦，“我以为从你说……从你拒绝我的时候开始，我们就已经没有关系了，不是吗？”

苏远沉默了一下，车子转弯开出了停车场：“如果我说……我现在后悔了呢？”

“苏远！你……”

只是没有等楼简说出更多的话，苏远便直接将车子停在了路边林展飞的面前，降下车窗，对林展飞说道：“上车！”

林展飞开门上车，他们之间的对话就这么停顿了下来，停在了最关键的地方。

但楼简的心里，已经开始因为苏远的一句话，翻江倒海了起来。

后悔？！楼简不禁觉得有些好笑，苏远到底后悔什么了？

是后悔将自己当成别人的替身，还是后悔对自己好过，还是后悔……当时拒绝了自己？

楼简有些摸不着头脑，想知道答案，又害怕知道答案。

“楼简，你也来后座啊，那样我们还能聊天！”只有自己一个人坐在后面，林展飞当然不服，他直接探着身子，将脸凑近过去，骚扰两个人。

苏远直接用一只手将林展飞的脑袋按了回去：“回去坐好，系好安全带！”

要论条件，林展飞知道自己不如苏远，但他最有自信的，是自己有一颗最真诚无瑕的心，以这点来说，他绝对是可以胜过苏远的。

之前林展飞崇拜过苏远，现在对苏远的才华与能力，也是非常欣赏的。

但是，他从喜欢楼简的角度出发，现在对苏远已经是深恶痛绝了。

虽然不知道楼简和苏远之间到底发生了什么，细节有哪些，但从楼简拼命压抑住她的感情，坚决不要再和苏远扯上任何关系的态度上，林展飞就知道，一定是苏远做了什么事情，楼简真正地被伤害到了。

楼简喜欢故作坚强，其实内心无比柔软，而这样的人，一旦真的被伤了心，却会变得比任何人都更强硬了。

最可笑的是，苏远似乎还没有这样的自觉，甚至还以为可以很轻松地就挽回楼简。

林展飞暗暗在心里做了个决定，即便是楼简不喜欢自己，自己也一定不能让苏远就这么轻易得逞！

想吃回头草？才没那么容易！

第十二章
纠缠不休，胃痛！

Hey, I kind of like you

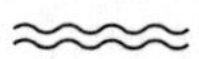

就这样，这三个人不尴不尬地驱车来到了苏远之前订好的饭店。

“楼简爱吃辣，准确地说，应该是麻辣的东西。这里是W市内最好的川菜馆了，要提前半个月的时间预约，能吃一次，可是很不容易的。”苏远一边说着，一边走在前面，为两个人开道。

楼简看着苏远微笑说话，行动绅士，动作言语都游刃有余，不禁微微出神。

在两个人“交往”的那段时间里，苏远也是这样，也难怪自己会不由自主地丢掉了自己的心。

一个情商颇高、知识渊博、长相英俊，几乎没有缺点的男人，又有多少女孩子，能抵挡得住这样的温柔呢?

她楼简，自然也不能免俗，她也只不过是一个对爱情、对未来充满了幻想的女孩子，仅此而已。

“楼简！”林展飞转头望向楼简，就看到她盯着苏远的脸发呆的样子，赶忙叫她，“虽然知道你爱吃辣，但还是吃稍微清淡一点吧，最近赶稿又熬夜了吧！”

楼简属于那种喜欢吃辣，却又不太能顶得住辣的人，一边吃一边给自己的嘴扇风，但还是吃得很愉快。

这三个人的组合，互相之间当然也没什么好说的，苏远有话对楼简说，但不会在林展飞面前表露；楼简有话对林展飞说，也不好在苏远面前表露；林展飞有话对楼简说，也不想在苏远面前表达。

楼简想了想，还是决定选择埋头苦吃。

一旁的两个男人随便吃了点东西后，便把注意力都放在了楼简的身上。

楼简稍稍捂一下嘴巴，林展飞就赶紧递上了湿巾。

苏远看着楼简吃得眼圈红红的，双唇被辣得微微有些肿起，显得更翘了，看起来，有点像是在索吻的样子，心中不由自主地一动。他还没来得及多想，就看到楼简将舌头吐出来一些，明显是被辣到不行的样子。

楼简算不上是非常漂亮的大美人，但五官搭配在一起，却让人觉得相当舒服。

苏远抿了抿唇，赶忙将之前就准备好的牛奶推到楼简的手边："喝点牛奶解辣吧。"

楼简正低着头，目之所及，刚好是苏远修长干净的手指往前推杯子的动作，她愣了一下，稍微抬头看了一眼苏远，只道了一声谢谢，拿起杯子来喝了一大口，然后再继续埋头吃。

一顿饭下来，除了吃，就是无尽的沉默。

饶是如此，苏远也觉得够了，循序渐进，他当然是懂这个道理，楼简被他不小心赶跑了，他就再花点时间把她找回来。

心情好了些的苏远，连带着看林展飞也没那么讨厌了。他先将林展飞送到了目的地，楼简降下车窗，还没来得及说些什么，苏远便直接一脚油门，将车子开了出去。

"那我们有空再约吧！"知道林展飞今天肯定是很不满的，原本今天是和他约的，却被苏远搅局了，楼简最后只能冲着车窗外大喊一声，也不知道林展飞听到没有。

"你现在住的公司宿舍？"苏远看似漫不经心地问，心里却有点高兴，林展飞还住之前和楼简合租的屋子，但她回了W市，却并没有回去继续和他合租。

楼简轻轻点了点头："对，前两天刚搬进来的。"

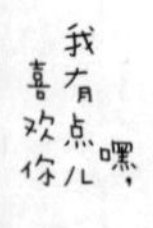

刚好，两个人单独相处的话，有些话，应该可以说了吧？

比如之前苏远说他后悔了？再比如苏远到底想要干什么？

只是苏远似乎并没有继续提这件事的样子，楼简也不知从何开口，以恋爱经历为零，单恋结果为失败的她来说，实在是不知道应该怎样来处理自己现在和苏远之间的关系。

身边这个人……已经对这样的事情游刃有余了吧，所以，才能这么有恃无恐地玩弄自己的心。楼简想到这里，又微微有些黯然。

“今天的菜好吃吗？”苏远笑了笑，攀谈一些日常话题，“平时中午都在公司吃什么？”

“苏远，我真的觉得……我们还是不要再有什么瓜葛了。”楼简的睫毛微微颤动，她垂着眼，目光落在自己的手指上，“我已经放下了，你不必不放心我，我其实挺好的，如果你不是别有目的，苏娱的工作就当是你的补偿吧，我也接受了。我不辞职，唯一希望的就是，我们可以在公司保持正常上下级关系，没有什么事，就不要私下再见面了吧。”

“你的意思就是不想再看到我？”苏远哪能听不出楼简的意思，不由自主地皱眉。

“你是想说，你在拒绝我的几个月后，又来找到我，是要做什么？补偿我，还是说……说你其实喜欢上我了吗？”楼简突然觉得有些好笑，“别说你不可能告诉我这些，就算你说了，我也不会信。”

楼简一句话堵死了苏远找回她的所有可能性。

她委婉地表达了自己的立场，不管苏远怎么想怎么做，她都只会说“不”。

苏远一时间陷入沉默……

正如楼简所说，他不可能立马就向楼简告白，因为到现在为止，他其实也没有整理好自己的心情，只知道自己不希望楼简就这么从自己的生命中离开，当然也不想和楼简只保持普通的路人关系。至少，不能让楼简带着被自己伤害到的心情，黯然退场吧。可楼简现在已经告诉自己，她过得很好，或许之后慢慢忘记了自己，还会过得更开心，甚至……可能找一个男朋友，比如那个林展飞？

想到这里，苏远又觉得胸闷，恨不得将楼简直接绑在自己的身上，让她再也没办法离开。

他应该理清自己的感情，再给楼简一个准确的交代，而不是这么盲目地就来找她。

苏远握着方向盘的手便不由自主地更收紧了一些。

就算他真的告白，她也不会再相信了，所以最后得到的结果，就是这个？

苏远当然不甘于这样，他只是稍微犹豫，混乱了一下，竟然得到的是如此结果？

不，他苏远是谁？不说可以扭转乾坤，至少让一个女孩子对自己回心转意，是绝对没有问题的！

努力这样安慰自己，苏远还是不由自主地上扬双唇，露出了笑容来。

楼简停顿了一下，见苏远不再说话，却突然笑了，心下有些奇怪，但车子也到了宿舍，楼简等车一停稳，立马就从车子上冲了下来：“再见吧！”

苏远还没来得及说其他的，楼简就直接下了车。

苏远坐在车上，目送楼简，直到她消失在楼里，又抬起头，望向高楼。等待了片刻，接着，是某个原本黑暗的窗户亮起了灯，一个小巧的黑色剪影出现在了亮起的窗户上。

他这才开着车离开。

回到家之后，楼简就有些疲惫了，连去思考今天和苏远事情的脑力都没有，直接躺平在床上。

手机打开WiFi自动连接上，叮叮叮——

是一连串的QQ提示音跳了出来。

楼简看了一眼，发现是之前他们在吃饭的时候，喵喵连发了好几条消息。

喵里个喵：楼楼楼楼！！！！！出大事了！！！！！

喵里个喵：你在吗？！！！

喵里个喵：咚咚咚！！！

喵里个喵：快回我！！！

喵里个喵：什么时候回家啊？！！！

喵里个喵：江湖救急啊宝贝儿！！！！

楼简看着喵喵发出的一连串的感叹号觉得头疼。

一栋简楼：怎么了？亲爱的，你要生了吗？这么着急！

喵里个喵：什么鬼！！！人设，还记得你之前给我交的几个图书人设吗？都弄错了！！！

一栋简楼：错了？是我弄错了吗？等我开电脑，你跟我慢慢说！

喵里个喵：不是你的错，是二百五的作者，她写的是系列文，算是公司里的重点文，每本书都对应了人设，结果，她记岔了。昨天最后校对的时候，还是我发现了不对劲，你画的这几个人设，和第二本的几个人设都给串了，有几个很重要的细节部分不对。

楼简赶忙用电脑打开了QQ。

她现在主要忙碌的还是公司里的事情，已经很少接外单了，主要是没有多余的精力，但喵喵一般拜托她的事情，她都还是会答应下来。况且只是给图书画几个人设，对于她来说，也不过是每天下班后花上几个小时的事情，还是很轻松的，却没想到，今天居然遇到了这种事情。

喵里个喵：哭/(T o T)/~~明天图书下厂，不能再拖了，不能再拖了，亲爱的楼楼，能不能再麻烦你一下，帮我们修改修改啊？摆脱！

一栋简楼：好吧，之前的底稿我还有，某些人设出错，我修改就行了。就是她这本书里，至少有五六个角色吧，都要修改可能需要一些时间……行吧，我熬夜忙赶一下。

楼简看了一下时间，现在已经是晚上十点，差不多有五六幅画要重新画起来，因为是商业稿，用的时间会更多一些，要求也会更精细。修改一张至少也要一个小时……

原本熬夜赶稿其实是再平常不过的事情，但和之前的楼简可是不一样的，那个时候她是全职画手，一夜熬完，白天还能蒙头大睡。她现在来到苏娱，白天要上班，晚上回家，只想好好休息了。

再爱画画，也总有疲惫的时候，更何况画手一般画商稿的时候，对绘画的爱，真的就减少了大半的。

看到喵喵这么惶恐又为难的样子，虽然有点辛苦，但楼简还是决定帮她一次吧。

熬了一夜，差不多到了早上五点，终于将所有的稿子都修正完毕，楼简才有空休息了。

幸好她有存下PSD的习惯，不然没了原稿，改起来更是要死人的。

都没来得及吃点东西，楼简就脑子一片空白地倒在了床上闷头大睡。

手机铃声在七点半的时候准时响起，楼简只觉得自己浑身都散了架一般，酸软无力，最重要的是……她的胃竟然开始隐隐作痛了起来。

糟糕了！大概是昨晚辣的吃得太多了，结果又累了一夜，早上结束了改稿又没吃什么东西垫垫肚子，这会儿，是真的痛到不行了。

胃部火辣辣地痛着，楼简拿起手机，想着自己这才上班刚没几天，就这么请假旷工……

会不会被辞退?

这么想了，楼简又不禁觉得好笑，嗯，如果真的是被辞退了，那也好，就可以不必再和苏远见面了，两个人还是早早地相忘于江湖吧。

楼简已经躺在床上完全不想再动，如果只是困，她还能撑到公司，间歇地偷下懒，他们宣传部的主管向来管得并不严格，但胃痛却实在是一件折磨人的事情。

“喂，主管，我是楼简，真是抱歉……我今天胃痛，大概要请一天假。”楼简有些抱歉，但也没有办法，拨出了电话。

主管非常平易近人，还叮嘱楼简一定要好好休息。

其实问题也不大，她手上正在画的项目，只要按时交上去，就可以了。

这么想着，楼简直接扔了电话，抱着被子睡觉，只是胃又不停作怪，她睡得迷迷糊糊不算太沉。

公司里。

差不多是快要到午饭的时间，苏远犹豫了一下，还是觉得自己不能因为楼简的几句话，就真的退缩了。

他来回晃了几步，假装视察工作的样子，绕来绕去，终于绕到了宣传部，准备约楼简一起吃个午饭。谁知道他来回用余光瞥了好几眼都没有看到楼简的身影，不是吧？她是在偷懒，还是直接没来上班啊？

苏远装作很自然地走进了宣传部。

“咳，那个……楼简呢？”苏远发声，对楼简位置旁的人问道。

旁边正在埋头画画的小员工抬头一看，发现竟然是副总，赶忙坐直了身子：“楼简今天、今天……胃痛，请假了！”

“哦，这样。”苏远表面平静，其实心里想的可就多了。

胃痛？为什么会胃痛？是因为自己昨天请她吃了川菜的关系吗？痛得严重吗？有没有吃药？是不是需要看医生？

回到办公室的苏远脑子里乱七八糟地想着，一门心思都在胃痛的楼简身上，哪儿还有什么心情去看手里的文件。

他拿起放下，再拿起，翻两页，再放下……

苏远觉得自己也没有什么心情继续看下去，与其在这里干坐着，不如先去看看楼简到底怎么样，要是没事，自己也好放心下来。

于是，副总大人利用职务便利，直接翘班。

既然是公司宿舍，那么离公司就很近，在非高峰期苏远开车一刻钟也就到了。

昨晚偷偷观察了一下，大概知道楼简住在几楼了，苏远直接按下了楼层，走到了她的家门前，却还是先拿出手机，拨了楼简的电话号码。

这个时候的楼简真的渴极了，拖着无力的身子，准备去倒杯水喝，结果起了床，脚踩在地上，每一步都软绵绵的，好像踩在了棉花上，无法控制住自己的身体。

这时候床上的手机突然响了起来，楼简转身准备去接的时候，衣袖不小心带到了桌上的茶杯，于是摇摇晃晃的茶杯直接从桌上滚落下来，就此牺牲。

楼简原本是想要去救茶杯，谁知道太用力推得桌子发出了巨大的响声，水壶险些也牺牲，好在被楼简一把抱住。

苏远在外面，听到了屋子里这叮叮哐哐的响动，自然是吓了一跳。他立马就脑补了楼简一个人，不堪重负，晕倒在家的言情剧场面，二话不说，直接一脚踹门。

员工宿舍的房子，质量也就那样，木门上的门锁，哪里禁得住苏远势大力沉的一脚。

门，就这样“嘭”的一声，开了！

于是，现在的状况就是……

一脸苍白，穿着小熊连体睡衣的楼简，以一个奇特的姿势抱住水壶，定格在原地，看着苏远一脚踹开了自家大门，那扇木门还非常应景地来回晃动了一下，发出最后一声残喘。

画面感，绝对不是一般的强！

“苏远，你干吗呢？！”目瞪口呆过后的楼简，放下手里的水壶，跑到门边，心疼地看了一眼大门，“我的门锁！”

“咳……”苏远直接走了进去，为了化解尴尬的气氛，他低头看了一眼地上的茶杯碎片，“你没事吧？”

"我没事，可是我家大门有事！"

楼简无力地白了一眼苏远。

"我踹的也是自家大门！"苏远强撑着挽回一点自己的面子，"多大点事！待会儿就找个师傅给你换一把新锁！"

"门锁坏了，我的东西怎么办？我……唔……"楼简两步冲到了苏远的面前，原本是想要讨伐一下这个无孔不入、无处不在，总是找她麻烦的家伙，却忽然感觉到胃部一阵难受，捂住嘴巴，忍不住干呕了两下。

"楼简！"苏远直接伸出手来，将楼简搂住。

楼简示意苏远赶快躲开："想、想吐……"

苏远哪敢放开她，大不了吐到自己的身上，到时候换件衣服好了！

苏远还没来得及扶住楼简去卫生间吐一下，楼简直接就绷不住了。

这不吐还好，一吐差点把苏远的魂都吓出来。

因为楼简吐出了一些血丝。

"血！"苏远着实被楼简吓了一大跳，二话不说，直接将楼简打横抱了起来，"你是不是胃出血了？我送你去医院。怎么回事？只是吃点辣的，就这么严重吗？"

楼简这个时候已经没有力气再挣扎了，只能任苏远抱起她，犹如一支离弦之箭，冲出了她家大门。

"痛……"楼简被苏远抱在怀里，加上身体的疼痛，不由自主地有些委屈了起来，眼泪不由自主地落了下来，"都……都怪你。"

"好好好，怪我怪我，都怪我，不应该请你吃刺激性那么大的食物，都是我的错！这个锅，我背我抗，我照顾你，好不好？”苏远哄着她，小声说道。

“不，我……不想见到你。”楼简轻轻地说着。

苏远的身子一怔，没有再继续说些什么，直接将楼简放在车后座，让她躺下休息。

“我送你去医院。”

来到医院，苏远二话不说，直接给楼简挂了个专家会诊。

一帮子内科专家还以为要会诊什么大病，结果和苏远判断的也没差，就是有些轻度胃出血。

楼简要住院两天，观察一下，如果没有大问题，就可以出院了。

实际上她挂了点水之后，除了脸色还有些苍白，胃不痛了之后，就立马感觉自己整个人都活了过来。

苏远从外面进了病房，手里拎着几盒东西，拿下床桌，全都摆在了她的面前。

“粥，饿了吧，喝点，不知道你喜欢什么味道的，甜的和咸的各买了几样。”苏远拉过一旁的椅子，坐在一侧，望着楼简的脸，目光没有移开一点点，似乎是想要一直看着她就这样将粥全部喝完才肯罢休。

“没什么大事。”楼简不知道该怎么样面对这样的苏远，生怕自己有点心软就又和过去一样了，回到原点，根本是没意义的事情。

“你不用有压力啊，你胃痛是我造成的，我这是在弥补！”大概是看出了楼简的心思，苏远赶忙解释。

弥补……

楼简不由自主地将苏远的话想歪了，联系到他现在对自己的态度，她终于确定了，苏远大概觉得是他以前拒绝自己拒绝得太过分，努力弥补。

“真的没关系，你不用觉得愧疚，很多事情都是你情我愿的，这个世界上，没有说，我喜欢你你就一定要喜欢我，至于……至于你将我当成了替身什么的。”楼简抿了抿唇，“我就自认多想了，你其实也不必付出太多的。”

“你是不是理解错了什么？我不是……”苏远的话还没说完，便被外面传来的一个声音打断。

“楼简，楼简你没事吧！我就说了，不要吃刺激性的东西，你一个住，还没人照顾你，要不然，你还是搬回来吧！还是你信不过我林展飞？”林展飞走进来，直接叽里呱啦说了一大串的话。

“你怎么来了？”苏远皱着眉，不满地抬头，看了一眼从外面开门进来的林展飞。

“你可以在这里，我怎么不能来？”林展飞笑了笑，也不跟苏远计较，没有多余的凳子，刚好合了他的心意，更亲密地坐到楼简的床边，楼简并不在意这些细节。

苏远却注意到了，微微挑了一下眉。

“早上林展飞打电话来，我就将事情告诉他了。”楼简赶忙说道。

看出身边这两个人剑拔弩张，楼简继续说：“没事的，其实这事也不完全是吃了辣椒弄的。我熬夜之后一天又什么都没吃，而且我长期以来，胃就不太好，不怪你的苏远。”

“那从现在开始，我每天都盯着你好好吃饭！”苏远顺着楼简的话开口说道。

“啊！对了，我家！”楼简忽然想起什么，门锁坏了不是大事，可以换，但她家里的东西都还在啊，这不是要遭贼吗？！

“什么？楼简你家门锁坏了？是不是没地方住？回来吧，人多还有个照应啊！”林展飞现在与楼简的交集少之又少，恨不得她回去继续和他合租，不要房租都没关系，他当然是不放心将楼简放在苏娱。

那是苏远的地盘，在苏远眼皮子下面，林展飞知道，以他的手段，自己想要搞定楼简，是没有可能的。

他可不能放任楼简再羊入虎口！

“这个你不用担心了，我已经让我的私助去帮你处理了，东西不会丢的。”苏远说着，停顿了一下，看了一眼林展飞，“楼简实在没地方住，去我那里也更好，我的房子更大。”

“苏师兄，你不要想太多啊！楼简不是那种女孩子！”林展飞哼了一声，苏远的风流史，认识他的人都知道吧！

“是你思想太龌龊了。我没有别的意思。”苏远不屑地反驳道。

“那，谢谢你了，苏远。”打断两个人你来我往的挤对，楼简吃完了最后一口粥，看还剩下几盒，“展飞，你要喝粥吗？这里还有很多，我吃不下了。我没动过的！”

“你吃过的也没关系啊！”林展飞点点头，倒是也不介意，拿着就喝了起来。

“你也不问问我吃了没。”苏远终于脸色有些黑了。

“啊……难道，你不是在给我买的时候，就吃过了吗？”楼简有些惊讶地看着苏远。

“当然是赶着买热的回来给你吃。”苏远只是简单地说了一句，就起身了，一边伸手拉住林展飞，一边对他说，“林展飞，我们走吧，不要打扰楼简休息了！楼简，你有事就打电话给我，我会第一时间来帮你处理的。”

既然他要走，怎么也不能留林展飞一个人在这里和楼简孤男寡女单独相处。

林展飞不满的声音越来越远，楼简看着那两个人离去的身影，竟然不由自主地笑了出来。

她重新躺下，胃里已经暖暖的，很舒服了，不由自主地，又有了些睡意，渐渐地便进入了梦乡。

第十三章 和我无关，走开！

Hey, I kind of like you

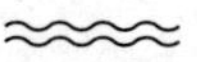

楼简的病好得很快，托福于她还年轻，两天之后，就可以顺利出院了。

中年医生看着差不多是与他女儿同龄的楼简，伸出手指来点了点她："不要仗着自己年轻，就肆意挥霍，掏空自己的身体，到老了是要后悔的！现在一天天的，都是那些小年轻病倒在办公桌前。赚钱固然重要，但更重要的还是革命的本钱。"

"谢谢医生的关心，我会好好监督她的正常饮食起居的，以后绝对不让她再有和您见面的机会了！"苏远微笑着说道。

今天楼简出院，他一大早就来忙前忙后，帮她办手续，收拾东西，没有一样落下的。

楼简对苏远说过自己一个人可以应付，但他硬是不走人，一定要留在自己的身边，再送自己回去。

中年医生看了一眼眼前挺般配的一对，不由自主地笑了起来："看来有个好的男朋友，也是很重要的。"

楼简没有准备再多解释，反正与这位医生的交集，也到此为止吧。

苏远开车，楼简很自然地伸手开门，坐到了副驾驶位。

当然楼简并没有这等自觉，没有察觉到任何的异样。

苏远却挺高兴的，这至少是成功的第一步了吧，慢慢软化楼简，再将她重新收入囊中，让她再没可能跑掉的机会！

楼简原本坐在苏远的车上望着窗外的风景发呆，渐渐地，便察觉到了不对。

这并不是回自己员工宿舍的路啊！

"我们去哪儿？"楼简有些奇怪地转过头，望向苏远。

"回你的员工宿舍啊。"

苏远笑了笑，给出了这么一个答案。

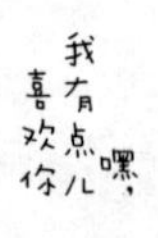

“什么？这路不对，你别忽悠我！”楼简皱眉，“你不知道，我最讨厌你骗我吗？”

苏远听到楼简这么一说，无奈解释：“真的是员工宿舍，不过是公司给老员工的福利——单身公寓，我帮你申请下来，只是稍微改善一下住宿环境，你不会连这个都要拒绝吧？”

如果可以，她当然想拒绝，她不想欠苏远任何的人情，在公司，她也不想当特殊的员工，她进苏娱已经是苏远搞的鬼了，现在还破例享受公司待遇，这样真的好吗？

“没有付出，就不能享受这些。这是我的原则，苏远！”楼简知道，虽然这种微不足道的原则，在苏远的眼里，根本不算什么，但是，这是她楼简的想法。

“好，那我就自己花钱，帮你补贴上行了吧？”苏远无奈，“这是我们私人之间的交情，你不必太计较！”

“这样吧，等我拿了工资，你算一下，公寓每个月多少房租，我自己付。”

楼简想了一下，这算是个折中的方法，垫付算是满足了苏远想要弥补的念头，而自己也没有无条件接受优待。

知道楼简在某些方面有着自己的倔强，苏远没再继续坚持什么，现在对楼简，也只能温水煮青蛙，一口一口地吃掉她！

楼简和苏远一起上了电梯，进屋之后，她也察觉到了这次住的地方，与之前员工宿舍的不同。

相比之前的宿舍，这里简直不是好多少倍来形容，这俨然就是一间商品房，其中的装潢和环境，俨然是一个幸福小窝。

说这里是员工宿舍，楼简是一百个不相信！

“这里……还是不太行！”楼简不满地皱眉，转身要走，

“我还是回去住之前的宿舍吧！我本来在这方面要求并不高。”

“楼简，怎么了？”苏远伸手拉住楼简的手腕，没让她走出去。

“这是员工宿舍？”楼简突然笑了，看着苏远皱眉，“苏远，你不要给我任何的弥补好不好？求求你了！”

看到苏远越是这样，楼简心里就越难受，她的感情，不是随随便便用这些物质，就可以弥补的。

“这里真的就是员工宿舍，只是苏娱对员工待遇都不错，这是经理主管级别住的，这样的解释可以了吗？”苏远认真地望着楼简，态度意外地强硬。

“我不要住这里。”楼简还在坚持。

“你家里的东西，我都帮你搬好了。”苏远还是软了下来，伸手轻轻摸了一下楼简的头，“想你住更好的宿舍，我没有错，对不对？不愿意接受特殊待遇，你也没错，这样，我就在你的工资里扣除这里的住宿费可以吗？你有一个更好的环境，也有助于你画画。画出更好的作品，多少钱的房租，你都能赚回来了啊，对不对？”

在苏远的完美忽悠之下，楼简最终接受了这间屋子。

说实在的，这里的环境极好，屋子不大，让普通上班族的年轻人不用特意空出太多的时间来打扫。

阳台上有几盆现在比较流行的小绿植多肉，肉乎乎的小叶子，看得楼简爱不释手，忍不住过会儿就去捏捏它们。

屋子虽然只是简装，但非常符合楼简的审美。

“设计师很厉害，这间房子的每一处都运用合理，关键是还很好看。”

楼简有美术功底，设计师的厉害之处还是看得出来的。

苏远看着楼简真的很喜欢这间房子，终于松了口气，刚刚看到楼简坚决要离开，一贯自信如他竟然也为自己捏了把冷汗。

“好好养病，你可以下周一再去公司。”

苏远也知道什么是进退相宜，说着就准备离开，不总是在楼简的面前晃来晃去。

“不用了，我明天就可以去上班了，我早就觉得身上长青苔了。”楼简点点头，本来轻微的胃出血也不算是大事，关键还是以后的调养。

苏远当然更高兴楼简回公司，这样，他就可以有更多的时间和楼简接触。

苏远这如意算盘打得是好，只是计划不如变化快。

林展飞也知道了楼简回去上班的事情，恰巧他在楼简住院期间，跳槽的公司，也在苏娱不远处。

所以当苏远故意以职务之便，假装自己正在巡视员工工作的时候，便看到了以下场景。

林展飞大包小包带来几个饭盒，还特别选用了楼简最近喜欢的动漫角色的周边，盒子打开来，里面是很有料的爱心饭盒，还故意做成了一个心形。

“不用特别送吃的来给我啊！”楼简对于林展飞这样的行为，觉得有些不好意思，又觉得好笑，“苏娱伙食很好的，你以为是学校食堂啊！”

“不不不，这可是我亲手做的，所以是一片心意，和公司里的伙食好不好无关！再说了，楼简你给个面子，也要吃我的啊！对了，我还给你的小伙伴们也带了吃的。”林展飞一边说着，一边拿出一旁的另一个比较高的饭盒，打开里面是一些西点，松饼、曲奇，一个个像模像样的。

“我怎么不知道你会做这些？”楼简显然有些惊喜，“什么时候学会了这个技能啊！不会是在网上买的，来这儿忽悠我们的吧！”

林展飞做出责怪的表情：“你就这么看不起我？”

“楼简，你男朋友好全能啊！人妻属性满满！”一旁有人凑过来拿着一块曲奇便塞进嘴里。

“他才不是！”楼简反驳，虽是笑着说这话的，不太介意别人的玩笑，但也要表明各自的身份和立场，某些暧昧，还是玩不得的。

“那就是在追你咯？”一旁的女孩子被饼干甜得笑眯了眼睛，八卦地说道。

“是啊！各位亲朋好友帮帮忙啊！”林展飞笑着冲她眨了眨眼睛。

林展飞长得好，虽然没有苏远那种妖孽降世的夸张，整个人浑身上下却都透着一股阳光的气息。

这也是为何楼简即便知道他喜欢自己，也依旧不讨厌他的靠近。

办公室内的气氛轻松愉快，与办公室外的低气压形成了明显的对比。

苏远站在门边，即便是站了有一会儿，宣传部的办公室里也依旧没有一个人发现他的存在。

刚准备转身离开，苏远却突然又停下了脚步，站在门口，伸出手来，轻轻叩了叩，办公室里瞬间安静了下来。

“上班时间，都在干什么呢？”苏远沉着声音说道。

“副总……”

“副总……”

原本聚在一起的人一哄而散，赶忙各自回到各自的位置继续工作。

“已经快要下班了。”楼简看了一下电脑显示器上的时间，唯独只有她敢抬起头来，对苏远说话。

“工作时间，你们都在做什么？”苏远一出现，气场立马就镇住了整个办公室。

大家一看苏远来了，都不由得暗道糟糕，若说平时工作，偷偷小懒什么的，主管还能睁只眼闭只眼的话，现在在老板面前就怎么也说不过去了。

“快要下班”，明显不是理由，只要是上班时间内，就应该好好工作才对。

苏远虽说平时不爱做企业管理，但毕竟公司现在是在自己的手上，总不能看着他们任性妄为。

“抱歉，都是因为我……”林展飞已经收拾好了他送来的爱心盒饭，看楼简没吃完的，就帮她放在了桌边，自知这次是自己没理，致歉完毕，就转身准备离开。

林展飞好心送吃的却给大家添了麻烦，楼简自然也不想弄成这样。

林展飞是为自己而来，楼简垂下眸子思考了一会儿，抬起头来，对苏远说道：“没关系的，如果是因为展飞不好，而让副总您觉得不舒服的话，那我愿意代替大家，补上这次大家缺漏的时间，您看可以吗？”

“集体的事情，是你一个人可以承担的？”苏远皱了皱眉头，原本心情就不怎么样，看到楼简这么逞英雄，而且是为了林展飞，他便更是冷了脸。

楼简硬着头皮，没说话。

苏远点点头，看了一圈正在埋头工作、假装什么都听不到不小心被迁怒的路人甲乙丙："你要一个人承担，好啊，可以，这里一共八个人，每个人半个小时的时间，你晚上留下来加班四个小时，当然，不能算加班。"

"喂！苏远你这算是公报私仇吧……"林展飞刚想要说些什么，却被楼简拉住。

也算是他们犯错在先，再去争辩，也没什么意义。

林展飞自然也明白这个道理，看了一眼楼简，住了口。

"可以。"楼简点点头，其实加班还是不加班这件事，除了要走夜路之外，对于楼简来说，并没有什么区别。

她在公司里也是抱着板子画画，回家也是抱着板子画画，没有任何的区别。

苏远深深地看了一眼楼简，没有再说什么，只冷着脸转身离开了。

有那么片刻楼简与苏远的目光想触碰，苏远也停顿了一下，他发现，楼简的眼睛里，也有那么一丝他看不清楚的东西。

苏远走后，大家终于都松了口气。

"怎么回事？明明平时副总比总经理更和蔼可亲，自己做事也很随便，怎么突然发难？！"一旁不明所以的群众拍拍胸口，一副受惊了的表情。

"都是我的错！"林展飞露出抱歉的表情，"以后有机会，请大家吃饭，今天……我就先走了！"

都是一群年轻人，大家嘻嘻哈哈很快就打成了一片，林展飞走到楼简的身边，凑近了对她说道："今晚我来陪你加班！其实……实在不行的话，就不要勉强继续待在苏娱吧。"

"不用了！你自己刚跳槽也挺忙的吧，别管我了，反正我都一样，在哪里都是画画，不碍事！"楼简对林展飞笑了笑，并不在意。

林展飞看着楼简的脸，却还是觉得她被刚刚苏远的出现，影响了心情。

倒是不怕苏远出现捣乱，林展飞最怕的是苏远还对楼简有影响，至少……说明楼简的心里，还有苏远这个人吧。

林展飞也没有强求，而是点点头说道："到时候我再给你电话，太晚了我就来接你，一个女孩子，走夜路总是叫人不太安心的。"

林展飞的提议楼简倒是没有拒绝，夜深人静，有人陪着的话，肯定是要更安全。

下午重新投入工作之中，楼简更加专注，只有在画画的时候，她才能努力甩掉所有的烦恼。

下班时间是六点，加上苏远毫无人性地提出的四个小时加班要求，也就是说至少要到十点，楼简才能起身离开。

公司里的人一个个陆陆续续都走掉了，只有楼简，还专注于电脑屏幕上的软件，继续一心一意地画着。

画到一个角色配饰的时候，楼简有些把握不好，翻来覆去，改了好几个颜色都觉得不太合适，她觉得头有些疼，按了按太阳穴，放下画笔，甩甩自己的手放松一下。

重新拿起了画笔，楼简新建了一个图层，在画布的空白处，画出两个Q版的小人，是苏远被她吊打的样子。

她不由自主地笑了起来，忽然想到以前在学校里的时候，被苏远欺负了，她也画了这样的画来泄愤。

现在的苏远，相较于以前更让她捉摸不透了。同样都是惩罚，那时候苏远要自己罚抄，抄十遍百遍，是故意整自己，看自己的笑话，今天罚自己加班，似乎，却并不只是想看自己的笑话而已，而是真的要惩罚自己的错误。

楼简当然不知道苏远的想法，所以她只能努力脑补。

他什么时候变成了这么一个反复无常的人？

之前还努力补偿自己，又是带自己吃饭，照顾生病的自己，帮自己找房子……现在怎么突然又变了脸？

苏远到底想怎样，或者她现在连替身都算不上，而是一个很有趣的玩物？

“在想什么？”苏远压低的声音忽然响起。

“啊！”身后突然传来了一个声音，专注于画画的楼简吓了一跳，直接将手里的笔甩了出去。

冷静下来楼简才发现，原来自己身后的人是苏远，慌慌张张弯下腰去找被自己甩出去的压感笔。

苏远站在电脑前，目光瞥到屏幕上的图，不由自主地扬起了唇角，那时候楼简画的图，还在自己那里。

“还没找到吗？”苏远扭过头来，看了一眼，发现了压感笔就在自己的不远处，于是便两步上前，弯下腰来准备帮楼简捡起来。

恰好这时候楼简也看到了这支笔，冲过去伸手去捡，一时间，两个人的指尖意外地触碰到了，楼简像是被电到一般，迅速收回手，身体却没有稳住往后倒了下去。

“小心！”苏远扑过去一只手抱住楼简的身子，一只手护住楼简的头。

摔倒倒是没有大碍，关键是如果就这么摔倒的话，楼简的后脑勺刚好要磕在桌角，这就比较严重了。

好在苏远反应及时，才避免了惨剧发生。

“没事吧？头有没有摔到？”苏远稍稍松开她，赶忙低下头去，检查楼简有没有受伤。

楼简手忙脚乱地站起身，往后退了一步。

苏远吃痛地扶着自己的手腕，刚刚帮楼简挡住桌角的手背微微有些红肿，他看着楼简：“怎么这么不小心？”

“我……”楼简按住自己的胸口，心脏在胸腔中狂跳不止，只是因为刚刚苏远，抱了自己一下。

自己还是这么没出息！

苏远大少爷，撩妹手段一流，在外风流艳史数不胜数，想要搞定她这么一个恋爱史空白的小宅女，简直是太容易了。

之前不就是吗？明明不是喜欢，却让自己误会了！

楼简努力敲醒自己，生怕自己再和那一次一样理解错误，被他看了笑话。

这样的男人，怎么可能对谁真动心？他说的话，又怎么能随便相信？！

哦，还是可以信的，他是有真爱的，为了真爱，他已经改邪归正，早已经不再去交往女朋友，只做一心一意喜欢一个人的好男人。

但这和自己没有任何的关系。

“苏远，你走吧。”

楼简侧过脸，不想让他看到自己的表情。

苏远并不知道楼简此刻心里翻江倒海，想了那么多的事情，只以为楼简是在生气罚了她。

其实，他也说不清，为何在看到楼简和林展飞在办公室里说说笑笑，似乎很开心时，他就不由自主地想要破坏眼前的这片祥和。

回到办公室里，苏远冷静了一下，思索自己刚刚是不是被个人情绪控制，小题大做了，只是说出去的话，在公司里相当于行政命令。

于是，他硬是等到了楼简加班的时候，找了楼简。

“怎么了？加班多无聊，我来陪你，不好吗？”苏远漫不经心地说。

“我不需要你再出现，对我影响太大了，我一个人就好。”楼简皱着眉，不希望自己被苏远扰乱，却又没办法不去在意他。

“就这么不想见到我？”看到楼简不悦，觉得厌烦的表情，再想想她和林展飞有说有笑，苏远深呼吸才能压抑住自己胸口的那股怒气，“那你就当我是来监督你工作的，四个小时，说好的！”

原本是来讲和，苏远愣了一下，有些无奈，怎么又被她挑起了怒火。

苏远以前不是这样反复无常的人，楼简看了他一眼，没有再理睬他，转过身去，继续画自己的。

四个小时，她可没想过要欠他一点点的。

苏远就这样，坐在楼简面前，伸手撑着下巴，望着楼简认真画画。

“还记得你以前答应过我的事情吗？”苏远看着楼简又重新调出一个Q版图来画细节，忽然想到了什么，开口问道。

“什么？不记得了。”楼简没有什么心情和他聊天，只能随口应答，其实手里已经不知在胡乱地画些什么了，填色、上阴影、调整色相……全都是一些画画的机械性的动作。

“你说过，要给苏老师画个头像？”苏远痞痞地笑着，望着她。

楼简打断苏远的话：“别再提以前的事情了！”

他怎么还能这么无所谓地提起这些？！大概，他到现在，还不明白，他对她的影响，到底是什么吧！楼简有些无奈。

楼简不想提，苏远也就不再说下去了，他抬起手腕，看了一下腕间的钻表：“七点半了，我们去吃晚饭吧。”

“不用了，我待会儿叫个外卖，我要继续加班。副总您要是饿了，就先去吧。您不必四个小时都盯着我，办公室有监控，您想看，有空的时候，就去调来查看我是不是有加满了四个小时好了。”

“你胃刚好，吃什么外卖！去找个正经饭店吃饭。”苏远当然不会答应楼简，上前一步握住她继续在画画的那只手。

“放开我！”楼简用力想要甩开他的手，“你到底想要干什么？苏远！”

苏远的力气当然是楼简不能比的，楼简并没有能成功地从苏远的手中挣扎开。

“以前是我错了，我也知道了，我们还和过去一样，不行吗？这么针锋相对，现在你就对我那么不屑吗？”苏远终于也沉下了脸来。

“到底是谁对谁不屑？”楼简只觉得自己听了个笑话，“还和以前一样？还和以前一样，让我当你的替代品，帮你去赎罪吗？你有喜欢的人，为什么不对自己喜欢的人好？为什么不对自己喜欢的人表白？我到底做错了什么……以前的事情，我不在意了，都过去了，为什么你又莫名其妙地出现了？还做了那么多莫名其妙的事情。我是不是欠了你什么？苏远……你告诉我！”楼简说着眼泪已经不由自主地落了下来，她咬住唇，不让自己发出太丢脸的声音。

“楼简，我错了，再重来一次，行吗？”苏远望着楼简挂着泪痕的脸，心中翻涌着疼惜的情绪，他忽然用力一拉楼简的手腕，将她带到了自己的怀里。

楼简反应不及，便被苏远直接用手指扣住了下巴往上抬起了一些，他低下头来，吻住了她的唇。

楼简不可置信地睁大了双眼，震惊过后，是手忙脚乱想要挣扎，但苏远已经完全控制住了她的身体，叫她完全没有动弹的机会。

“唔……唔……”楼简双手被苏远握住，没有办法使自己的后背靠在椅子上，双眼微微眯起，这个时候的苏远，一扫之前浪荡的形象，变得可恶又霸道。

楼简只觉得身体里像是被抽干了一般，空气越来越少，脑子越来越模糊，整个人都软得如一摊水，只能靠苏远握住她的手来保持身体的平衡。

第十四章 失去意识，心痛！

Hey, I kind of like you

“苏远！混账！你放开她！”

苏远的身后忽然传来了一个喊声，林展飞气势汹汹地冲了进来，顺手抄起一旁的椅子，便朝苏远的背上砸过去。

苏远的反应终究还是慢了些，松开楼简躲避的时候，不巧被林展飞砸到了左肩。

“楼简，你没事吧？”林展飞冲上前去，看到楼简只是目光恍惚，人倒是没什么，稍微放心了些。

他转过身看了一眼苏远，哼了一声：“我说怎么这么奇怪，突然让楼简一个人加班，还加到这么晚，这是办公室上司性骚扰女员工吗？要不要明天微博见？”

苏远肩膀吃痛，皱了皱眉，望着林展飞冷笑：“该放开她的人是你，你这么做有意义吗？想当暖男？楼简从来没喜欢过你，你以为你光是这么付出就能得到她的心了吗？”

“这是我自己的事，当暖男有什么不好？就算没人爱，也比当渣男强！”林展飞一点也不害怕苏远的挑衅，反而觉得可笑，“你过去所做的事情，苏师兄，我可是知道得一清二楚，楼简知道的，大概也只是冰山一角吧，要不要我让楼简认清你，到底是什么样的人？”

苏远上前，抓住林展飞的衣领，拉着他站起身来，脸贴近：“你这是在威胁我？”

“有把柄的人，才会被人威胁不是吗？”林展飞一边说着，一边挥起一拳朝苏远揍了过去。

这次苏远早有准备，他的眉微微一挑，身子一偏，躲过了林展飞的攻击，接着翻过身来，反钳住林展飞的手臂将他按在桌上，手上更用力一些：“还要和我打？”

“不要打他！”楼简终于从恍惚中回过神来，上前去抱住苏远的腰，“你不要打他！都是我的错……是我不对……”

苏远松开林展飞，转过脸去看楼简，不禁觉得好笑，真是一场闹剧。如果从一开始，自己理清楚了对楼简的感情，会不会这所有令人讨厌的事情，都不会发生了？

“楼简，你说，我是不是就错了这一次？就不行了吗？”苏远轻轻地握住楼简环在自己腰上的手。

“我……我不知道……”楼简缩回自己的手，从苏远的手中偷溜走。

“所以你是不信任我，还是不信任你自己？”

“我谁都不信。”楼简抿紧了唇，“苏远，你也许到现在，连自己想要什么都不明白，我怕你还是理不清自己的感情。你知不知道，这个世界上，有个词叫独占欲？你对我，也许就是这样的，我以前……以前，只喜欢你，你觉得很有优越感，现在我不喜欢你了，你觉得很失落，想要重新找回这种感觉。只是这样而已。”

“当然不是这样！”苏远觉得好笑，楼简竟然有这样的想法？“以前我拒绝过那么多人，从来就没有回头过！”

楼简愣了一下，努力给了苏远一个微笑。

“大少爷，有那么多人喜欢你，不是我，也没关系吧。可能会有比我还更像那个女孩的人出现，到时候，你也会很快就喜欢上她的。”

“你是还在计较这件事吗？楼简其实从一开始你就不是什么替身，你们一点都不像，我……”苏远的话还没有说完，便被楼简打断。

“不要再说了！我也不想继续听下去了。”

楼简说罢，林展飞也走了过来，牵起她的手：“楼简，我送你回家吧！”

楼简被林展飞拉着离开，虽有片刻不明显的犹豫，却仍旧没有回头来再看苏远一眼。

苏远站在原地，望着林展飞与楼简离开的方向，双手紧紧捏成拳头，接着又缓缓放松了下来。

他从口袋里掏出自己的手机，拨出了一个号码：“苏宸，帮我个忙……”

楼简还是没有离开苏娱，因为苏远在事后就再没有来找过她，甚至在公司销声匿迹，苏宸重新回来接管公司。

楼简终于松了口气，她不愿意承认心中有失落感，因为她觉得，那其实并不算是失落，只是一种和苏远一样的情绪，一种奇妙的虚荣心。

苏远拒绝了自己，如果当初自己不是决绝离开，而是还在缠着苏远，他还会不会像现在一样，说喜欢自己呢？

满足了他的那种虚荣心，他就还是拒绝自己。

苏远问她，到底是不信自己，还是不信他？

楼简想了想，觉得自己应该是谁都不信了。

林展飞依旧努力在楼简的身边出没，充当暖男角色，楼简的同事们几乎都与林展飞打成了一片。

他们还会一起外出聚餐，楼简终于有点改掉了过去的宅属性，只是偶尔会出神发呆，当然没有人知道她到底在想些什么，甚至林展飞也不知道。

“好啦，我不介意你不喜欢我，我们就交往试试看好不好？”偶尔，林展飞故意做出恶心人的撒泼打滚状，“唉……也许我们不合适，两天就散了。”

或许……真的可以试试？

楼简为自己有这样的想法觉得有些恶心，认真对待恋爱，千万不要将这样的事情当作玩笑，她已经吃过一次苦头了，不想再轻易做这样的事情。

不喜欢就是不喜欢，喜欢就是喜欢，欺骗是绝对绝对不可以的，就算只有一次，也要永远红牌罚下，这就是属于楼简的恋爱观。

期间还有一件令人高兴的事情，那就是已经有出版社联系了楼简计划出版《精灵少女》，她开始了精修工作，大概在年底的时候，就会出版。

到时候，或许可以给苏远寄去一本，再满足一下他奇怪的虚荣心，让他知道，自己也因为他的事情，画了一本漫画，并且还出版了。

楼简微笑了一下，现在偶尔想起苏远，竟然已经没那么难受了。

没有了苏远的出现，与同事的关系也日渐融洽，楼简就再没有要辞去苏娱工作的想法，而是稳定下来，等待试用期三个月后即将转正。

直到那天，楼简睡晚了，险些迟到，踩着最后一分钟打了卡，保住全勤。

“苏总，不是那个苏总，是那个小苏总，好像出事了！”

“什么？谁？谁出事了？”楼简听到一旁两个同事小声地八卦，愣了愣后转过脸去，求证地问。

“是我刚刚偷听到的大八卦，就是那个桃花眼的苏副总，苏总的弟弟啦，原来几个月前……可能是车祸之类的？似乎是说有天晚上开夜车，和一辆大卡车相撞，经过抢救才没死呢！真是可怕！现在马路杀手真的是太多了。”

这……这怎么可能？！

楼简愣愣地站起身，往后倒退两步，什么都不再管，直接转身跑去苏宸的办公室求证这件事。

有天晚上……

她是从什么时候开始，没有见到苏远的？

对，就是从那一晚开始，她就再没有和苏远见过面了。

难道就是那个时候？为什么会这么巧？

楼简一路跑到了苏宸的办公室门前，刚好碰到梦非从苏宸的办公室里走了出来。

“梦非！”楼简拉住梦非，表情有些慌张。

“楼简，有事吗？”梦非甜甜地笑，依旧是她如常的小天使模样。

“那个……我……我想问你一下，关于苏远的事情。”话真到了嘴边，楼简又有些不太好意思出口了。

刚刚听到别人随意一句八卦，一瞬间她就失了章法，冒冒失失就跑了过来，还好先抓到了梦非，也算是让她镇定了下来，理清思绪。

“苏远？他怎么了吗？”梦非一时间没有弄清楚状况，有些奇怪地问。

楼简一挑眉，觉得有些奇怪，明明刚刚同事都在聊这件事，梦非是苏宸的个人私助，应该也清楚苏远的事情吧！居然会不知道吗？

“苏远没事？”梦非的反应，似乎有点不对啊？

“啊……哦，你说他，嗯嗯，很严重。”梦非恍然大悟一般，用力地点了点头。

“那为什么你刚刚问我他怎么了？”楼简反问。

梦非的眼珠子转了转，深吸一口气说：“你还是去问苏宸吧，这件事，我也是不太清楚他到底是什么情况，你知道，我毕竟只是个小员工！”

楼简点点头：“苏总现在不忙吧？找他不会打扰他吧？”

“不忙不忙。你去吧。”梦非应道。

楼简谢过梦非，就直接敲了苏宸的门。

“进。”苏宸向来言简意赅，能用一个字的，从来不用两个字。

“苏总，您好，我是想来问问您关于苏远的事情的，我听说……他出事了，是吗？”苏宸向来说话干脆，楼简知道，不必和他拐弯抹角，直接问出想知道的事情。

“车祸。”苏宸抬起眼来，看着楼简。

“具体什么情况，可以告诉我吗？”

楼简的心里有些紧张，听到苏宸说的这两个字，和之前她听到的八卦，是相吻合的。

“很严重，快死了。”难得苏宸终于给了一句完整的话，楼简哭笑不得的同时，却又觉得害怕。

他的意思是说，苏远差点死掉的意思吗？

楼简心里有了一个不太好的想法，两只手贴在裤腿的边上，双手握紧又放松，掌心里已经渗出了一些汗水。

“肩膀受伤，开车被撞了。”苏宸沉默了片刻，继续对楼简说道。

楼简一瞬间觉得天昏地暗，苏远的肩膀为什么会受伤，她当然是再清楚不过了。

是因为那天晚上，因为自己……

不能说苏远没有错，但如果自己当初可以果断地说不愿意见到苏远，就离开苏娱，就不会发生那么多的事情了吧。

这件事不能怪林展飞，也不能埋怨苏远，所有的责任都在自己的身上。

为什么舍不得离开苏娱?

因为高薪？因为环境？因为同事?

只有楼简自己最清楚，她不想承认也不得不承认，她不愿意再见苏远，是理智上的自己做出的决定；想要再见到苏远，则是那个心底里被自己压抑住、感性的自己做出的决定。

是的，她还喜欢着苏远，却又唯恐再受到伤害。

喜欢一个人，想要见到他的这种心情，不是她努力克制，便可以做到的，她有时候想起苏远，便觉得内心挣扎。

唯恐再受伤，却又无可奈何地喜欢。

“我……他现在，还好吗？我想去看看他！”楼简没有办法抑制住这样的情感，想马上就见到苏远的心情，异常强烈。

对，她是很没用地还是在想着他，在想他这些天来的状况会是什么样的。

“你对他……”

苏宸说的每一句话都是如此认真，与苏远完全不同，不像那个人，嘴里说的一句句话，叫人完全分不清真假。

同样是兄弟，差别怎么这么大？不过，如果苏远是苏宸这样的性格，可能自己，一开始就并不会喜欢上他了。

讨厌苏远，也是因为他的性格，但喜欢他，偏偏也是从他的人格魅力起始。

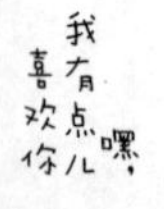

苏宸的问题，令楼简纠结，他明显是想知道，自己到底以什么样的立场来关心苏远……

是不是答不好，就不让自己去看苏远呢?

楼简的目光对上苏宸一双淡定眼眸，心里有了几分了然。

“我是……是真的喜欢他。”楼简的脸憋得通红，还是将这句话憋了出来。

她知道的，苏宸一定早就知道了他们两个人之间的事情，大概自己来苏娱，也是苏远与苏宸提过，这才得到了他的帮助。

“不论发生什么？做了什么？”听了楼简的话，苏宸紧接着问道。

楼简以为这是苏宸在提醒她，苏远车祸后，可能产生的后遗症，却没有想过苏宸问她这句话，其实，是另一种可能性。

所以楼简非常爽快地点了头，表达出自己的意思。

不论苏远变成什么样，她都会待在他的身边，陪伴着他。

任何纠结伤感，在一瞬间，因为生离死别四个字，而变得渺小了起来。

只要苏远还活着，楼简想，不如再给自己，再给苏远一次机会。

苏宸点头，算是认同了她。

“先去工作，下班，我们去。”

楼简心中忐忑，不知道会见到什么样的苏远，自从上次见面之后也有两个月的时间了。

回到办公室之后，楼简努力静心继续工作，然而却并没有太大的效果。

一下班，楼简就接到了梦非的电话。

"楼简！你也下班了，在外面等我们吧，我们先去车库开车。"梦非的声音清脆悦耳，从那边传过来，很是好听。

楼简先是一愣，"我们"……随后就觉察出了其中意思，果然，他们是那种关系。

楼简不由自主地笑了，难怪梦非这样没什么心计的女孩子，会一直在苏宸的身边待这么久。

这两个人，一个是沉默寡言的冷面霸道总裁，一个是元气少女，看起来确实是漫画小说里的男女主，真的很配。

楼简等苏宸的车开过来，梦非坐在副驾驶上，她很自觉地来到车后座。

楼简对他们笑了笑，上了车，系好安全带，只听到苏宸开口："你也系好。"

梦非讨好地笑了笑，赶忙将安全带重新系好："哈哈，总是忘记！"

"副驾最危险，每次都要说。"苏宸虽然表情平淡，但言语间却带着明显的温柔。

"苏宸，我们待会儿去看苏远，要不要买点什么？"梦非眨了眨眼，"看病人都是需要带东西去的，买点水果？"

"不用。"苏宸简单地给予两个字。

"哦，这样啊。"梦非乖巧地点了点头。

"你呢？"苏宸又是两个字。

"啊……我啊，你怎么这么聪明，知道是我想吃水果……"梦非笑出声来，"待会儿买点芒果和提子吧，最近好想吃哦！"

"好。"苏宸点点头回答。

楼简在车后座听着两个人的对话，苏宸那么惜字如金，甚至是一点也听不出他的情绪，梦非却并不在意，甚至还能读懂他云里雾里的几个字，想要表达什么。

一般来说，如果男朋友这么冷淡的话，女孩子都会有些计较吧。

偏偏梦非心大，也并不在意，其实苏宸，只是性格如此，并不是心里没有梦非，不然，怎么梦非的小心思，都逃不过苏宸的眼呢?

楼简抿了抿唇，有些羡慕他们，唉，这种没有自觉的秀恩爱，才是最可怕的啊。

反观自己和苏远呢，其实都没有算得上是真正交往的时候。两个人虽然说话的时间比起眼前这两位要多得多，苏远一贯舌灿如莲，什么都会说，但实际上，他们却谁也不懂谁。

就在楼简胡思乱想的时候，车子就这么停了下来。

“到了哦，楼简！”梦非对后座的楼简叫了一声。

楼简微微一愣，这才从刚刚的思绪中抽离，应了一声，表示听到了梦非的话。

要怎么去面对苏远，这绝对是一个摆在楼简面前的巨大巨大的问题。

“他现在还好吗？是什么样的，可以和我说话吗？”楼简眨了眨眼问道。

“嗯……这个嘛……”梦非目光移动到苏宸的方向，表示求救。

“没有意识。”苏宸迅速说出四个字。

“啊——对对对！没有意识！”梦非连连点头。

总觉得梦非的反应有些怪怪的，但楼简也没有去细想，此刻她已经满脑子都是苏远了。

失去意识……竟然会这么严重?

他们之间的交集并不多，所以苏远昏迷这么久，她到现在才知道这件事!

楼简在心里已经脑补出了这么一连串的情况来，看来就是这样没错了!

“你们有没有试过，用什么方法叫醒他？”楼简跟着苏宸一起进入了电梯。

“试了，没用。”苏宸继续简单地回答。

居然会这样……

楼简听到苏宸的话之后，心脏像是被一只无形的手狠狠地揪住了。

她沉默着跟在他的身后。

走进病房的时候，楼简觉得自己几乎快要不能呼吸了，她看到苏远躺在苍白的病床上，脸色异常苍白，整个人与之前相比消瘦了不少。原本总是梳得很有型的头发，现在柔软地散落下来，变得比过去长了一些。

可是他的眉眼，完全没有变化，还是像过去一样，反而显露出几分病态的美。

楼简想到在自己不知情的时候，苏远已经在这间病房里，躺了这么久……心中便无法完全平静下来。

苏宸没有出声，也没有上前去看苏远的状况，反而往后稍稍退出一步：“我们在外面等。”

楼简慢慢地走了过去，满是白色的病房里，似乎显得躺在病床上的苏远，也没有太多的生气。

终于鼓起勇气走了过去，楼简看到苏远的脸上非常平静，没有任何的表情，想到他过去总是那么表情丰富，口若悬河的样子，便有些不忍。

她伸出手来，轻轻触碰了一下苏远的唇，动作小心翼翼。

不知道是不是错觉，自己在触碰他的时候，她似乎看见苏远的唇角微微动了一下。

“苏远？！”楼简有些惊喜，“苏远，苏远，你是要醒过来了吗？”

楼简万万没想到，自己只是碰了他一下，竟然就有这么大的效果吗？

“苏远！苏远！”只可惜，刚刚的一切，仿佛真的是她的胡思乱想，之后楼简再用手轻轻碰了一下苏远的胳膊，却没有得到任何的回应。

等到苏宸进来的时候，楼简也不忘和他说这件事。

“正常，生理反应。”

苏宸只用了这么简单的几个字解释。

听到苏宸的话，她不免有些失望，竟然会是这样。

“我之后，还能来看他吗？”楼简一双水汪汪的大眼睛，满是希冀。

“每天，但要工作。”苏宸点头。

“苏宸的意思是，你如果想来，每天都可以来看他一会儿，不过一定要继续工作。苏远……也不希望你为了他而耽误自己的事情吧。”

梦非只有在向别人解释苏宸的话的时候，言语才最为恰当，或许这就是一种默契吧。

“嗯，我一定会的。”楼简笑了笑，转头看着躺在床上的苏远，“他从一开始，就很支持我画画，我当然不会让他失望。

我会一直……等着他好起来。”

楼简又待在苏远的病房里，和他说了好一会儿话，当然是只有她的独角戏。

之后的几天，下班后，楼简都会去医院里看苏远。到了周末，差不多会整天陪在那里。

她算不上是个陪护，每天二十四小时，都有医务人员与护工照顾苏远，她不需要做太多的事情，几乎每天也都只是看着他，或者一直与他说话。

想要等着他好起来，楼简在病房里一坐就能坐好几个小时，可以找话题和他聊。

“还记得我还在学校的时候吗？第一次见面我就揍了你，那时候的我，大概是不论如何，都不会想到……会喜欢上你这件事吧。”楼简的眸子微微低垂了一下，抿唇露出一个笑，“是不是有很多女孩子都喜欢你？我觉得……大概喜欢你的人，大多没有太多的好结果吧。”

楼简不知道自己是不是故意说出这样的话，希望床上的苏远跳起来反驳自己。

当然……他没有。

想到过去的事情，楼简便会有些心不在焉起来。

“我不知道还能说些什么，才能让你醒过来，不过我相信这种事，也不是一时的吧。”楼简轻轻笑了笑，“我已经做好了和你长期奋战的准备了！”

楼简说出这些话时，看到苏远的手指轻轻动了一下，一时间有些小兴奋，忽然才想起，之前她也看过苏远的身体有轻微动作的时候，然后高兴得不得了，去找到主治医师，他才语重心长地告诉她，原来这只不过是一些神经性的反应，并不像电视剧里演的那样，动动手指，就是马上要醒过来的意思。

总之，也不能急于一时吧。

楼简转过身来的时候，当然没有看到苏远微微睁开双眸的样子……

第十五章
一场骗局，失望！

Hey, I kind of like you

第二天是休息日，楼简比平日起得早，赶上最早一班的地铁来到苏远病房的时候，时间还早，却发现，病房里已经有了另一个人！

“后果自负。”这个声音……

楼简没有想到，这么一大早的，还有谁会来？探过脑袋去一看，竟然发现苏宸站在了苏远的床边，遮挡住了苏远。

他这是在和苏远说话吗？苏远醒过来了？还是苏宸和自己一样只是对着苏远自言自语？

他在说什么？好像是“后果自负”。

而这四个字到底蕴含着什么样的意思？

楼简一瞬间有了些奇怪的猜想，却又不敢再继续揣测下去，毕竟，这是她不确定的东西，还是不要胡思乱想才对！

“苏宸……”楼简推门走了过去，“你怎么来了？梦非没有和你一起吗？”

苏宸看到她的时候明显愣了一下，但反应非常快，他秉承了自己一贯的风格，没有太多的话，只是对楼简轻轻点了点头：“她休息。”

楼简转过身，看了一眼苏远，总觉得哪里有些不对，却又找不出破绽。

“我先走了。”苏宸来去如风，匆匆离开。

病房里又恢复到了原本的安静。

楼简也没什么事，拿出素描本，坐在床边，今天天气很好，连半拉起的窗帘，都遮不住漏进来的阳光。阳光斑斑驳驳洒在了苏远的身上。

平静安稳，苏远闭着眼睛，有种很安静的美感。

苏远是不折不扣的美男子，并且很清楚该如何发散自己男神的气质，无论从内还是从外，所以，才会吸引了那么多的男男女女，将他当成男神。

所以，她也才会这样奋不顾身，陷落其中吧。这样的男人，真是讨厌。

在这个看脸又看钱的时代，苏远这样的人，果然不论如何，都能吸引人吧。

“刚刚，苏宸和你说了什么？”楼简又坐在了苏远的床边，脸上带着恬静的微笑，和他聊起天来，“快点醒来，告诉我你最想对我说的那些话，好不好？”

现在的楼简，早已经形成了这样的习惯，独坐在苏远的身边，拿出纸笔，偶尔画正在准备的新漫画的草稿，而更多的是看着眼前这个一动不动的模特，细细描摹着他的面庞。

一天天过去，看着一直都无法醒来的苏远，楼简心里说不慌才是假的，她不太了解苏远的情况，但至少也知道，像这样昏迷的人，越是时间久了，醒过来的可能性就越小。

每天看着这样的苏远，楼简陪伴着他也日渐消瘦了些。

“就算是这样，我也会一直陪着你。”楼简看到苏远放在身侧的手，自然地将自己的手也伸了过去，握住他的手掌，轻轻捏了捏。

不知道是不是自己的错觉，楼简竟然一时间觉得，苏远似乎在回握住自己的手！

“苏远？！”楼简有些急切地叫着他的名字，“苏远，是你……醒了吗？”

虽然知道希望渺茫，但楼简明显不愿意失去一点点的机会与可能性。

苏远的眼皮子动了动，楼简的身体僵住，几乎屏住了呼

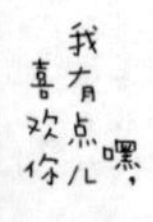

吸，不敢有一丝一毫放过他苏醒过来的机会。

终于，苏远的眼睛动了动，接着缓缓睁开。

“苏远，苏远你醒了！我去叫医生来！”楼简刚准备跑出去，就听到苏远开了口。

“楼……”许久未说话，苏远的声音显得有一丝沙哑。

楼简霎时间有些手忙脚乱了起来，语无伦次：“或者……你要不要先……喝水？”

她转过身，赶忙拿起桌上的暖水瓶和茶杯，想要倒点水。

“楼简……”苏远叫出她的名字。

楼简赶忙转过脸来，朝苏远望了过去，准备放下手里的暖水瓶，谁料却因为心不在焉的样子，放在了桌子的边缘，以至于暖水瓶没有放稳，眼看着就要摔到楼简的腿上。

“小心！”苏远的声音清晰地传来。

一个身影突然从床上起身，快速来到她的面前，帮她捧住了暖水瓶。

只是那个人眼疾手快，却也挡不住暖水瓶里的热水因为晃动而泼洒了出来。

“啊——”苏远虽然双手接住了暖水瓶，但手背上还是被烫红了两块，饶是如此，他也没有扔下暖水瓶，大概是怕砸在地上，伤了楼简。

“你……你的手！快找医生！”楼简来不及想其他的，便看到苏远的手臂上已经有两块皮肤被热水烫得通红，还形成了一些亮晶晶的水泡。

都来不及去按床头铃，楼简便直接跑去了护士站，找护士来帮忙。

楼简紧张地拉着苏远去冲了凉水，接着看着护士帮苏远处理完毕之后，才终于放下心来。

苏远的手平摊在面前，看上去有些惨兮兮的，原本修长又好看，或者是在讲台上拿着粉笔，唰唰写着教案，或者是拿着钢笔在合同上签上自己的大名，现在上面却有两块明显的红肿。

楼简坐在苏远的身旁，看着他只能摊开的手，有些担忧。

但目前来说另一个更重要的问题，才是最关键的。

这么眼疾手快的苏远，怎么可能是个病人？

楼简望着苏远的脸，试图在他的脸上找到一丝病态，但显然没有。

“你看看你，都第二次了。”苏远笑着说，“上次也是砸了水壶水杯吧？你看，这次要是没了我，受伤的就是你了。”

楼简却并没有苏远的这种好心情，更没有因为她避开了受伤的可能性而庆幸。

苏远还好好的，他笑着，在她的面前，说话自如，还能奋不顾身地过来救她……

“你在……骗我？”楼简长长的睫毛微微颤动，不可置信地望着苏远，“你根本没有出车祸？”

“楼简，听我说不是这样的，其实那个时候，我是真的出了车祸！”苏远赶忙解释，“那时候，我的肩膀到手臂的部分，几乎已经不能动了。我本来还想打电话，让苏宸帮忙送我回去，谁知道他竟然以为我是骗他，还在外面和梦非享受二人世界，就很自然地拒绝了我。我那时候心里也是有点气，就有点赌气的意思，也没有打车，想要自己直接开车回家，谁知道……真的出了车祸。”

“真的出了车祸？”楼简目光淡淡地望着他，没有太过激的情绪，显然已经不太相信苏远。

“不小心和别人追尾，磕破了额头。”苏远看着楼简这样的表情，只好老实交代。

楼简什么也不想说，直接起身走人，却被苏远突然从后面拉住，就好像是这一次他再不出手，楼简就会直接跑掉，再消失不见一般。

“放开我！苏远你不要这样好吗？”

楼简奋力挣扎了下，想要从苏远的手中挣脱出，动作自然就大了一些。

“啊……嘶……”

苏远忽然痛呼一声，虽然松了手，却还是用一只伤势较轻的手，攥住了楼简的手腕。

“你……你还想用苦肉计，我可不会再吃你这套！”楼简此刻说出的话，明显是看到苏远吃痛，慌乱了手脚，却又故意要故作镇定。

“楼简，你至少……先听我说完好不好？”苏远有些无奈，只能一直这样，拉着不放楼简走掉。

“不管你说什么，我只问你一句，你是不是骗了我？”楼简自嘲地笑了出来，“什么车祸啊意外啊，躺在床上醒不过来，都是假的！骗人的！在看到我为你伤心难过，每天这么勤勤恳恳地跑过来，和你说……说那些丢脸的话，你是不是觉得很好笑？你是不是觉得我很好骗！”

“不是这样的，楼简，我只是想证明，其实你心里还是有我的对不对？楼简，你扪心自问，看到我受伤，看到我躺在床上的时候，是不是心里很着急，很不安！这说明你还喜欢我，为什么要压抑着自己的情感……”苏远急切地说道。

楼简有些不可置信地望着苏远，为什么？！他骗了人，还能冠冕堂皇地说出，是为自己好！

“感情不是用骗得来的！是用真心打动别人的！苏远你还是不懂！上一次的失恋，并没有让你明白什么，反而缩了起来！”楼简直言道。

“这有什么区别吗？我只是知道……留下你，不让你再和别人走。”苏远蹙起眉头，听到楼简提到自己之前的情感经历的时候，不由自主地感觉到一丝烦躁，所以她还是没有忘记之前的事情，是这样吗？

“所以说，苏远，你真的知道自己究竟想要什么吗？这也是我一直拒绝再和你接近的原因！就是因为你这么自以为是，你知道吗？今天我终于知道了什么叫作聪明反被聪明误。”楼简笑了笑，“对不起，我没有办法这么轻易就原谅别人对我的欺骗，而且苏远……你真的要想好了，今后的我，和你再无瓜葛！”

“楼简！你明明还这么喜欢我，为什么还要这么坚持？！是我对不起你，伤害了你，但你不要这样拒我于千里之外，任何让我接近的机会都没有！”苏远当然不明白楼简的感受，或者说，到现在为止，他依旧没有设身处地为楼简想过一点点。

“你喜欢我吗，苏远？”

面对楼简突如其来的问题，苏远愣住。

“那你爱我吗？苏远？”楼简看着苏远。

苏远似乎是沉思着什么，微微蹙眉，没能将那个重要的字眼说出口，他的表情有些僵硬：“我并不是要刻意欺骗你！楼简！我的意思是……好吧，或者……请你先不要拒绝我，哪怕是从……朋友开始呢？”

然后，楼简笑了。

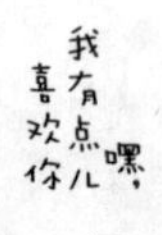

“如果你是真的像你心里所想的那么喜欢我，是不会忍心欺骗我的，你知道吗？还有，对于喜欢不喜欢，你不是不愿意承认，而是怕说了那个字眼，就要对我有所承诺了吧！是不是曾经有过一次失败的经历，便让你不敢再踏出任何一步了？那你又为什么要想方设法地纠缠我、绑住我？你拥抱过我，亲吻过我，然后和我说我们从朋友开始！真的爱情，经不起这样的一而再再而三地试探！我不是那么心大的人，误会有过一次就够了。苏远，你不明白，我不可能永远跟着你转！这个世界上不可能有一个人，会一直等着你。被你欺骗了、伤害了，还要一直等着你！我怕了，苏远，你说从朋友开始，我怕我会和你一直‘朋友’到终老。你发现你没办法再爱别人了，放弃了，那我该怎么办呢？”

楼简不再说其他的，转身就走，这一次，苏远只是愣愣地站在原地，没有再往前走一步，他在想着楼简的话，一直在想……他真的做错了吗？

楼简终于知道，为什么之前她和苏宸他们提到苏远的时候，他们的反应那么奇怪了。

梦非总是吞吞吐吐，或者不知所措说错话，最后将所有的问题都交给了苏宸……是因为她并不善于撒谎。

楼简其实是相信，苏远对自己不可能完全没有感情，但是他理不清，或者说他可能还被自己困在上一段失败的恋情中，不敢走出来了。

原来苏远才是那个最幼稚的人。

楼简不敢再做一次牺牲品。

如同她是自己漫画中的那位精灵少女，毫无顾忌，再和苏远斗一次，可楼简不敢，或者从另一个角度来说，精灵少女，其实是楼简希望自己成为的样子。

第二天，楼简便向苏宸递交了辞呈。

“一定要走？”苏宸倒是也没有惊讶楼简这样的选择。

“嗯……这段时间以来，感谢苏总和各位同事的关照，不过，我有自己的想法，想任性一次。”

“苏远喜欢你。”苏宸直白地说。

楼简万万没有想到苏宸会开口提这个，只能沉默以对。

“你也喜欢苏远。”苏宸继续说道，“为什么分开？”

苏宸看似霸道总裁，其实对于感情方面，却是很简单的。

在苏宸的眼里，他们的事情，如同一个普通的一加一等于二的问题，或许……她或者是苏远，能像苏宸一样将感情这件事看得这么简单就好了，喜欢就在一起，不喜欢就分开，可惜，他们谁都不是。

“苏远不喜欢我！苏远要是喜欢我的话，怎么会这么轻易就骗我？他只要还活在以前，不敢面对现在的我，或者是他自己，我们就没办法再继续下去。”楼简叹了口气，“即便是现在勉强在一起了，以后肯定也会出现问题的。”

“可是他改好了。”苏宸说道。

楼简也难得理解了苏宸的意思：“苏总，您以为苏远是改邪归正，不再当花花公子了吗？其实不是……他是不敢再恋爱了！您会愿意看到自己的恋人，还想着前男友吗？或者，是前男友对她有很大的影响力吗？”

“梦非没有前男友。”苏宸回答。

楼简无奈地抿了抿唇：“我只是假设！况且……即便是我说了这些，苏远连承认喜欢我的勇气都没有了，而是告诉我什么，要从朋友做起！鬼才愿意和他从朋友做起，喜欢不喜欢，不过就这几个字，很难说出口吗？他如果连这个都做不到，那我也有拒绝的权利。”

苏宸似乎明白了楼简在表达什么，点了点头：“公司随时欢迎你回归。”

“谢谢苏总，以后有机会，我会再来的。”楼简伸手与苏宸握了一下。

苏宸心里也明白，毕竟他也帮了苏远骗过楼简，所以便有些私心地对楼简表现得更加宽容了一些。

同事们完全没有料到楼简会走得这么突然。

还剩下的项目，彼此之间也沟通好，楼简该画完的画完，之后再在网上传过去给对方。彼此之间甚至已经有了约定，如果公司有外包项目，一定会第一个就交给楼简来做。

当天晚上一帮同事，嚷嚷着要去聚餐，送一送楼简。

既然都要走了，楼简也没有扫了大家的兴致，于是除了少数年纪稍大的表示要先回家奶孩子，年岁差不多的一群人都浩浩荡荡去了，其中还夹杂着几个其他部门，关系比较好的同事。

谁知道一帮人风风火火下楼，刚好遇到往公司里面走的苏宸与苏远两兄弟。

“两位苏总好！”有人带头喊道，接下去也陆陆续续有人附和笑闹。

“真的要走吗？有些事……和你的工作不冲突，你在苏娱干得很好，我也……我也并不会，经常来。”苏远这么说着，目光一直放在楼简的身上，言下之意便是告诉她，自己并不是经常到苏娱来，不用为了避开他而特别辞职。

楼简轻轻地摇了摇头：“我有自己的想法，谢谢苏副总关心了。”

楼简将他拒之于千里之外的感觉非常不好，苏远情不自禁地蹙起了眉头来："我……"

苏远刚要开口，却被一旁冒出来的一个完全不明真相的小员工打断了他的话："苏副总今天忙吗？不忙的话，就来和我们一起聚餐啊！是楼简的欢送会哎！我看你们平时好像关系也不错啊，一起来吧！"

楼简私心想要拒绝，于是率先开口："苏副总这么忙，肯定没空，不要……"

"不忙！"对于这样的邀请，苏远当然求之不得，依旧露出他日常的男神笑容，他一边稍稍往前探了些身子一边说道，"我还可以顺便帮你们买个单。"

"太好啦！就这么定了，副总，我们走啊！"一旁叽叽喳喳的小员工们哄着苏远。

楼简不由自主地皱眉。

苏远故意装作在不经意间，走到楼简的身旁："就这么不想看到我？"

"当然了，你这个骗子！"楼简话虽这么说，但在不经意间看到苏远手背上的烫伤之后，还是有些心软，楼简真的觉得自己是没救了。

在大家的面前，楼简不想透露出自己与苏远有太多的联系，便没反对。

"能不能重新追？"苏远突然在楼简的身边这样说道，说完之后慌忙解释，"你当我是陌生人，我努力刷好感度，把之前做的蠢事，抹掉吧！你不知道我那时候也只是病急乱投医！看到你对我这么抗拒，就在努力想，能不能有什么方法，让你稍微有点情感波动？你说我是骗子，我倒是真的没有办法反驳，我真的

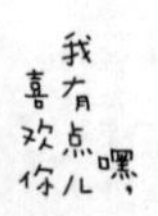

骗了你，我这算是，一而再再而三地错了吧？”

“你要做什么，是你的事，但我辞职之后，就会回家了，你还是不要白费心机了。”楼简抿了抿唇，说完这句话，加快了步子，跟上大部队让苏远再没有办法和她说这些乱七八糟的话。

反而是苏远，这么坦白，楼简不知道应该怎么面对才好，如果是一开始，他不对自己耍那些小心机，她可能没这么……反感吧。

最终在大家的投票之下，决定去吃烤肉，吃完了之后，继续唱K。

大家也没有找什么太高档的地方，好在苏远从来不是计较这些的人，甚至自己也钟爱于路边摊。

熙熙攘攘一群人进了烤肉店，并没有引起太多的人注意，在这样的夜晚，有太多这样白天上班、晚上成群结队来宣泄压力的上班族了。

吃饭怎么能不喝酒？既然要喝酒，那么今天的主角楼简以及副总身份的苏远，自然是逃脱不了的，要被灌酒。

楼简也不算太不能喝，起初喝了两杯，还算清醒，就是有点上头，脸完全红得像个熟透了的番茄。

于是再有人上来劝酒的时候，还没等楼简说话，苏远便直接挡了下来：“我帮楼简喝了吧！”

这是根本没有给楼简说不的机会，苏远便直接将拦截下的那杯酒一口气喝掉。

谁要你帮忙喝？你以什么身份帮我挡酒？楼简在心里暗暗吐槽，现在完全不想看到苏远对上自己的眼神。

“你不要喝……”楼简赶忙制止他，“大家也都少喝点吧，不要灌苏副总！他手上还有伤呢！”

楼简这么一提醒，旁边的人这才全都注意到了苏远有些被烫伤的手背，自然是不敢再让苏远喝酒，以至于连带着楼简也就这么幸福地逃过了一劫。

熙熙攘攘的人群，人没有少，楼简淡淡地沉默着，不过大家也都知道，楼简其实个性很好，如果玩开了也会有点闹，但不说话也并不代表她就是不高兴，或许可能是昨夜赶稿太辛苦，或者只是在神游而已。

好在从来没有和苏副总一起玩过的小员工们，今天算是找到了对象总围绕在他的身边不停八卦，楼简便被完全忽视了。

苏副总有一双漂亮的桃花眼，不仅长得好看，情商和说话技巧也是超高的，除非他不想，不然没有人会不喜欢他，他耀眼夺目。

唯独……不懂怎么表达自己的感情，也不懂怎样珍惜一份爱意。

楼简默默地想着，还是算了吧，从一开始两个人就不是一个世界的人，代替楼繁上学也好，撒谎说自己喜欢苏远也好，再到后来，真的喜欢上了他……

楼简还真的不后悔有过这样的经历，但却明白，不能再继续下去了，停在这里，也许对自己对苏远都更好。

即便是勉强在一起，交往了，依照两个人的性格，也不一定会持续多久。

再没有喝多，楼简也觉得头有些晕乎乎了。

走出烤肉店的时候，有凉风轻轻吹在她的脸上，让她整个人都更清醒了一些，察觉到自己无意之间又在盯着苏远看，她赶忙转移了自己的视线。

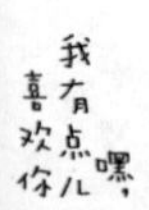

到达KTV之后，楼简便想要借故离开一下。

KTV是包厢，和吃饭的时候的感觉还不太一样，会使得人的距离，一下子拉近很多，包括昏暗的光线，也使得气氛变得异常暧昧。

楼简本来特意选了一个最角落的地方坐着，旁边是一个也很安静的女生。

谁知道苏远竟也直接跟了过来，并且利用自己的美色，直接用眼神勾得那个女生不得不让位，都不在意自己的形象了，挤到楼简的身旁。

“楼简……”苏远的声音微微提高，侧过脸去，似乎想要说些什么。

“我去一下洗手间。”楼简没等苏远开口说话，非常干脆地起身，直接走了出去。

她在洗手间里躲了一会儿，洗了洗手，看了一眼时间，知道在里面耗太久也不太好，就想着还是出去吧。

“楼简。”

她刚走出洗手间，就看到一个人朝自己走了过来。

果然，令她毫不意外的是，苏远在外面等着她。

楼简站在原地没有动，苏远就直接贴近过来，楼简嗅到了他的身上有一股更重的酒气，一般来KTV里除了不唱歌不喝酒无聊玩手机的，一般都只有两种目的：一是当麦霸，二就是喝酒。

“你手有伤，不要和他们胡闹，别再喝酒了。”楼简看了一眼苏远，快速地说道。

“你看，你还这么关心我。”苏远听到楼简的话，不由自主地笑了起来。

“我又不是冷血的人，况且你这伤，也算是帮我吧。还有，明天下午我就回家了，以后可能再没有什么见面的机会了，我不想和你闹得不太愉快。”楼简老老实实地说出这句话来。

苏远微微一愣，听到楼简的话，心头一沉，一直挂着笑容的脸，也微微收敛，上面划过些许的落寞：“好吧。”

再回到包厢里的时候，楼简也并没有抗拒苏远坐在自己的身旁，因为……她是直接无视了他的存在。

热闹的包厢里，偶有人唱起一首《老情歌》，一个人安静地坐在点歌机的高脚凳旁，拿着话筒，与周围嬉笑怒骂的人格格不入。

会让人忍不住去想，他是不是，失恋了呢？

但，终究还是会从悲伤中，走出来的吧。

一定会的，楼简这么想。

从KTV出来，一行人熙熙攘攘，在漆黑的夜里分别。

“楼简，我送你回家！别拒绝我，我真的没别的意思，你看，这都几点了。”苏远赔着笑小心地说道。

楼简看了一眼苏远，又看了一眼夜色，知道自己应该是怎么也都推脱不掉苏远送自己回家的提议了。

车子在前行，夜很寂静，楼简却侧着脸，望着窗外黑漆漆的夜，也并不转过脸来，看苏远一下。有那么一瞬间，苏远觉得，这样安静的楼简，像是要整个人融进了夜色里，他真的，再也无法将她拉回自己的身旁。

苏远淡淡有些失落，却还是稳稳当当地开着车。

一直到达目的地之后，两个人之间，都并没有继续交谈，这却让楼简松了口气。

“谢谢你送我回家。”

苏远停车之后，楼简急切地说了一句，立马打开车门，转身跑了出去，头也不回地往住处走。说起来，这里还是苏远给她找的，没住上几个月，竟然又要离开了。

“楼简！”苏远匆匆下车，追了上去，在她的身后，喊出她的名字。

楼简身形顿住，却还是转过了身来，苏远也再没有多话，直接上前，伸出手来用力地抱住了她。

“楼简，我……”

苏远想说，你再给我一次机会，但无奈，这话怎么也说不出口，因为知道，自己是百分之百会被拒绝。

“再见吧。”楼简叹了口气，鼻端满满的都是属于苏远的气息，她怕自己真的会这么心软。

他们互相不合适，她将感情的事情永远当成最重要的，神圣的事情来看待，不容一丝瑕疵，但苏远，却始终都将感情当作儿戏。自己不愿意理会他，他竟然不是选择用真心打动自己，而是耍那种油滑的手段。

即便是喜欢了又怎么样，他们……根本就是两个世界的人，真的……真的并不适合在一起吧。

虽然情场又一次失意，但楼简已经不再像上次那么难过了。好在她还能逃，家是她永远的港湾，能为她遮风挡雨，前一次她这么做了，这一次……也同样不例外。

刚好《精灵少女》即将上市，《精灵少女2》的构思，也就提上了日程。

楼简更忙碌了。

第二天，楼简没有拖泥带水，直接收拾好东西离开了W市。

她拖着行李，走到火车站的时候，忍不住回头看了眼这座城市，这一次离开，倒是再没有什么灰败的心情，她的心里还是挺轻松的。

或者可以说，她成长了吧。

那么……苏远，你有没有成长一些，明白过来，自己究竟想要的是什么呢?

楼简又重新回到宅女生活，父母对她的经济来源倒是完全没有担心。

一次亲戚来家里串门，楼简才后知后觉发现，父母原来背着她在别人面前可没少夸过她。

比姐姐更懂事，很早就能自立，完全不用父母担心，从小就有艺术细胞，画画很厉害，马上要出书了，等等。

楼简不由自主地笑起来，其实，世界上的事情，往往没有自己想得那么糟糕，比如……

你有时候不止是被别人家的孩子所困扰，也会成为父母口中夸夸其谈的骄傲。

“楼简啊！”楼妈妈一边从外面进来，一边笑眯眯地敲响了楼简的房门，有点神秘兮兮地说，“外面有个男孩子在等你哦，我说让他进来，他说没有你的同意，他是不能进来的，看起来蛮有礼貌的样子，是在追你呢？样子也不错啊！”

“嗯？有人等我？别开玩笑了老妈，你女儿整天宅着，有什么人追啊！”虽然嘴上这么说着，但楼简还是有些诧异，不知道来找自己的人会是谁?

急切地想一探究竟，楼简匆匆忙忙下楼，连穿着的卡通睡衣，都没有来得及换。

家门前有一棵老树，枝繁叶茂，会在头顶形成一片巨大的阴影。

草长莺飞的季节，那棵大树也郁郁葱葱，今天是有风的日子，因此树叶被撩动，发出沙沙的响声。偶尔从枝叶的缝隙中逃脱出的阳光，斑斑驳驳洒在地上，随着风吹，缓缓晃动着。

楼简看到一个身材颀长的男人背对着她，面对着那棵大树，似乎有了些感应一般，他转过身来，看到她微笑了起来。

第十六章 我喜欢你，真的！

Hey, I kind of like you

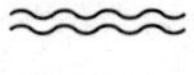

林展飞站在那里，看到楼简跑得微微气喘的样子，有些不好意思地笑了笑："抱歉，看到是我，是不是很失望啊？"

楼简赶忙摇了摇头，朝林展飞走过去："别这么说。我还怕你怪我，没有告诉你一声，我离开了苏娱。"

"我是要怪你！"林展飞伸手轻轻敲了一下楼简的额头，"发生了这么多的事情，你居然一句话都没和我说！"

"这么多事……"楼简轻轻眨了眨眼睛，有些紧张地问，"你都知道了什么？从谁那里知道的？"

"苏远呗，还能是谁！你在那边的电话不用了，微信也不常上，QQ大概也只用了工作那个吧！我怎么都联系不上你，之后就去你们公司找你了，谁知道刚好碰到苏远那个家伙……"

"你们不会又打架了吧！"楼简有些心虚地问。

"架倒是没打，不过更加互看不顺眼了，他倒是也没隐瞒，把他骗你的事情说了。我想了一下，觉得其实这件事说大不大，不过还真的是明明白白将你们之间最不适合的那一点给暴露了出来。对于苏远，他可能觉得这只是个无关紧要的玩笑，甚至可能觉得可以促进你们之间的情感。但你却不一样，你会觉得这是对你感情的亵渎，你那么掏心掏肺，在别人面前，却变成了一个笑话。"林展飞望着楼简，认真地说道。

不得不说，林展飞分析得，还真的是有点道理。

听到他们两个没发生什么冲突，楼简的心情也就放松下来了，她可没忘了之前两个人剑拔弩张的样子！

楼简就这么离开了W市，甚至没有告诉林展飞，自己要离开的事情。

她是想等过段时间，心情平复了下来，再找到林展飞和他联系。

“你来了，怎么不进来？”楼简对林展飞笑了笑。

“因为，想对你说件事……如果不成功，我就不进去了。”林展飞眨了眨眼，难得表现出有点小心机的样子。

“我也辞职了，过来这里找工作，你看怎么样？”林展飞忽然开口，对楼简说出这句话来。

“什么？”楼简惊讶地瞪大了双眼，“你不要……”不要为了我做任何的事情，我怕自己还不起。

“不是因为你，”林展飞当然知道楼简的担心，赶忙解释，怕楼简有太大的压力，“是这样的，有个学姐在这边办了公司，福利待遇虽然一般，但我们这些创始人算股份。人嘛，当然是想发展发展自己的事业，怎么都不愿意甘于人下对吧。既然有这么大好的创业机会，我当然要来咯。年轻不怕闯！”

“那就好。”楼简的笑容重新回到了脸上，轻轻点头，看到林展飞这么干劲满满的样子，也放心了些。

其实她心里还是有点计较的，知道林展飞不会纯粹只是想要创业才过来，他在W市，明显也是有大把的机会，至少，有一半可能是因为自己吧。

但既然林展飞找了借口，显然就是不想让她有压力。

楼简因为林展飞的这些行为，不由自主地有些感动。

“喂，楼简。我又要告白了啊！”林展飞脸上带着笑，好像完全不在意一般，“你说，我这会是第几次告白失败呢？楼简，我很喜欢你！”

她望着林展飞，他的脸上闪烁着星星眼，希冀地望着她。

楼简站在原地愣了很久，最终还是打定了主意。

她确实有被林展飞的执着所打动，然而……也仅仅只是被感动到了而已，感动永远只是感动，不是爱。

如果答应了，才是对林展飞的极不负责。

如果答应了……岂不是，变成和苏远一样的人了吗?

“抱歉。”楼简的声音很轻，却很笃定。

“好吧……我就知道会是这个答案。”林展飞耸耸肩。

“谢谢你，我没想到你竟然会……”

“嘘！”林展飞用一根手指，压住了自己的唇，“求你别给我发好人卡。”

楼简被林展飞的动作给逗笑，她点了点头，终于没那么严肃了。

“那……抱一下总可以吧。”林展飞做出无辜的表情。

楼简顿了一下，点头说：“好吧。”

林展飞张开双臂，却很轻地抱住了楼简，像是掌心中最为珍贵的珍宝。

一个人最好的年华里，遇到了很喜欢的人，那个人不一定是陪你到最后的人，甚至可能不会爱你，但你会觉得，只要能这样，张开臂膀来抱抱她，就是最幸福的事情。

而此刻，没有人知道，在被老树挡住的一条小巷里，正停了一辆与之不太相称的银色跑车，车窗降下来，开车的人停留了片刻，便直接掉转车头，悄无声息地离开了，仿若他从没有路过这里。

之后，林展飞依旧会来找楼简玩，两个人还像往常一样，说说笑笑，互相损对方，偶尔去吃饭看电影。

林展飞每次来找楼简，楼妈妈都表现出最大的热情。

平心而论，林展飞确实讨人喜欢，长得很好，却不像苏远那种太好看的美男子，让人没有安全感。他整个人都透露着一股阳光的气息，最关键的是非常懂得怎么讨中老年妇女的欢心！

“果然，还是这样……和你当朋友，最舒服……”某一天，林展飞坐在另一旁的椅子上，望着正在认真作画的楼简，突然得出这样的结论。

楼简很奇怪，也不知道他是真的这么想，还是故意用这样的言论，来证明他其实更安于现状。

林展飞笑了笑：“我来给你证明一下。”

说完这句，他便将楼简从椅子上拉了起来，轻轻一推，让她靠在了墙上，自己则伸出一只手来，撑在楼简脸旁的墙上，整个人稍稍贴近她。

“干吗？”楼简眨眨眼，和林展飞大眼瞪小眼。

“壁咚你一下！”林展飞抬了抬眉，“有感觉了没？”

“噗——哈哈哈哈……”

看到林展飞在自己眼前放大的脸，尽管楼简努力控制住自己的心情，但还是忍不住笑出声来。

“笑什么笑！功亏一篑啊！”

林展飞有些郁闷地放开楼简。

“对不起啊，你不知道你刚刚的脸……”楼简假装咳嗽，努力隐藏自己想笑的冲动，看到林展飞的表情，不敢再继续放肆下去了，但笑意却还是止不住。

林展飞起初有那么点小小的怨念，可在看到楼简之后，便完全爆发不出来，甚至被她逗得无可奈何，自己也不由自主地笑了起来。

“完全没有……那种粉红粉红，脸红心跳的气氛，对不对？”林展飞自己也无奈地笑了。

楼简一愣，忽然有些明白了林展飞的意思。

“恋爱是一种情绪，是化学反应，是类似于精神药物的东西，让人无法控制住自己。而你呢，却说要认真……”林展飞叹了口气，“所以，我们可能也是真的没感觉吧。”

听着林展飞的话，楼简顿时沉默了下来，也不知道在想着什么。

“恋爱，喜欢，对一个人心动，是出自内心的本能。无法学习，也没办法控制……”林展飞像是想到了什么，脸上露出淡淡的笑容，“就算是小学时候，喜欢过某个小男生那种，也可以啊，至少，那是发自自己内心的情不自禁。”

听到林展飞的话，楼简脑子里当即就出现了一个人，她努力压抑住自己去想那个人的念头……

可有什么用?

正如林展飞所说，爱一个人，是一个人的本能反应，无法控制。

和苏远在一起的时候，只要有一点点的亲密动作，就绝对会引得她脸红心跳不知所措。苏远的一点点触碰，她就会没有办法抗拒，与林展飞在一起的感觉，是完全不同的。

“你在想苏远？”林展飞丝毫没有遮掩的意思，直接戳破了楼简的心思，有点像是要故意给她这么一棒子。

“没有，我才没有，你开什么玩笑，我早就忘了他了！真是无聊！”楼简反应越是激烈，其实就越发可疑。

这一次，林展飞并没有立马就拆穿她。他只是暗暗有点无奈，他果然还是赢不了啊……

两个人之间的关系，比起恋人，更像是朋友，比起朋友，又更像是家人。

楼简忽然想起，某次自己约林展飞吃饭的时候，终于遭到了林展飞的吐槽："也确实，谈恋爱，就应该像你和苏远那样，他欺骗我我好心痛，我不听我不听我不听！"

然后被楼简狠狠瞪了一眼，再暴打一顿！

而且，也从那之后，林展飞便彻底放弃了对楼简的告白。

夏去秋来。

苏远再没有出现在楼简的生活里，她也会有那么一瞬间的恍惚，原来一个人，想要从另一个人的世界里完全消失掉，是这么容易的事情。

不知是因为有了林展飞这位朋友的陪伴，还是终于释怀了苏远的事情，《精灵少女2》的结局被敲定，楼简坚持的方向，竟然是带了一点点喜剧成分的暖爱故事。

这与之前的虐恋情深，可是大不相同，好在结果不变，它依旧为人们所喜欢，甚至获得了比第一本还要更棒的成绩。大概是现在浮华躁动的城市里，除了那种能让人记忆深刻的、痛彻心扉的爱情，更多的，还是需要那种可以抚慰人心，让人觉得温暖的东西。

《精灵少女2》开始连载的时候，是又一年的平安夜。

楼简这么做了之后，又忍不住去想这算不算是纪念苏远？

楼简随即又想，或者不是纪念苏远，而是纪念自己的一段没有开始、也没有结束的恋情而已。

苏远现在会不会在微博前看着《精灵少女2》的故事，终于觉得与自己无关了？但其实也不是……

《精灵少女2》是楼简在确定自己喜欢上了苏远之后，便开始一点点、一点点地架构起的幻想，如果他们的恋情也可以如此美好。

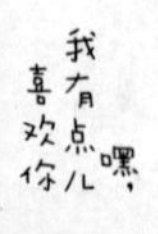

与苏宸的偶遇让人觉得非常意外，楼简应邀参加了某个漫画APP的作者见面会，刚下了飞机回到了家里，准备去楼下超市买水。

“楼简！”

有个男声喊着，路边那辆崭新的跑车在阳光下耀眼得令人无法忽视其存在。

她看到西装革履的男人从跑车上下来，依旧是一丝不苟的衣着。

“苏总，您来办事吗？梦非有没有一起来？大概什么时候回去？我请你们吃饭啊！”楼简也走到他的面前，脸上挂着笑。

苏宸微微一愣，没有料到楼简在这段时间里，竟然变得比过去还要更活泼了一些，彻底的失恋，难道不是应该痛不欲生，伤心欲绝？

这对于EQ与IQ成反比的BOSS大人，似乎是个难题。

“梦非在买东西，等她。”苏宸点点头。

果然没过一会儿，便看到梦非从超市里走了出来。

“啊，楼简！好久不见啊！我们过来出差！没想到这么巧！！”梦非依旧是过去那副没心没肺的样子，大大咧咧地与楼简打招呼。

“是好久不见，我离开苏娱，已经有一年多的时间了吧。”楼简点点头。

“有没有兴趣再回来？”苏宸突然开口。

楼简愣了一下，没有料到苏宸竟然会这么直截了当地开口，她却很自然地摇了摇头：“谢谢苏总您能这么看重我，您知道我有原因的……是不会回去的。”

“他走了。”苏宸继续说道。

“什么？”楼简有些诧异。

“苏宸说的是苏远，苏远工作的学校里，有一个出国交流学习的机会，大概要……要三年吧，他去了。临走的时候还不忘告诉我们，既然他已经离开了，就可以再找你回苏娱上班，这样也不会让你太尴尬。”

“是这样啊……”楼简轻轻点头。

以苏远的学历与资质，还需要出国学习？

那他为什么要走？是……希望自己留在苏娱吗？他曾说过，希望自己开心地在这里工作。

楼简无法控制住自己的思维，这样想着。时隔这么久，他应该不会再串通苏宸他们来欺骗自己了吧？

如果不是因为苏远，苏娱确实算得上是一个非常好的公司，就算时隔一年，她对那里依旧怀有感情，当时在那里发生的一切仍然历历在目。

“我会考虑的。”楼简开口，这一次，没有再拒绝苏宸的好意。

可他究竟为什么要去国外呢？

楼简不由自主地想着各种可能性，苏远在逃避？苏远无法面对自己？

苏远……

其实，如果楼简真能回苏娱的话，反而证明了她洒脱了，不再介意过去，也不再想起苏远这个人。

但她显然，还做不到。

“楼简，你和男朋友，还好吗？”梦非接着问道。

“什么？男……朋友？”楼简诧异，他们口中的男朋友，

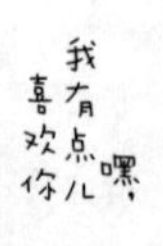

应该不会是……林展飞吧？他们两个是怎么知道林展飞的？

“嗯？那个时候，苏远准备去把你追回来，我和苏宸都鼓励他，让他一定要勇于面对自己的心，还建议他带着键盘去跪在你面前认错。他也真的想通了，知道自己是真心喜欢你的，也知道自己在恋爱上这么耍手段是不对的。然后他就追过来了，结果……”梦非叹了口气，似乎在惋惜什么，“结果他非常难过地回来，告诉我们你已经和别人交往了。那一阵子，他真的消沉了好多，天天学别人买醉不说，还要拉上苏宸一起去喝酒。然后……不久就告诉我们，他要出国的事情。”

苏远来找过自己？怎么自己完全不知道这件事？楼简不由自主地愣住。

他……是看到自己和林展飞亲密的样子，所以……放弃了原本准备告白的事情吗？

楼简的心情莫名有些复杂，高傲如苏远，当时在误以为她和林展飞交往的时候，还是会……有点被打击到的吧？

“其实……我没有交往的人，比起恋人，我和他更适合做家人、朋友。所以，我是拒绝了那个人的。”楼简犹豫了一下，还是将真相告诉了他们两个人。

“什么？！”梦非的表现有些夸张，拉住一旁的苏宸，“快快快，给苏远打电话，让他飞回来，继续追楼简啊！”

“冷静。”苏宸伸手拍了拍梦非的脑袋。

“楼简，你能不能尝试着去接受苏远？他……他其实也挺可怜的。”梦非想了想，知道苏宸不愿让她多想，就留下了这么一句。

“他们自己的事。”苏宸挡在梦非的面前，低声提醒。

“抱歉，楼简。”

梦非尴尬地笑了笑，也不知道为什么会想说这些……或许是因为，当初骗了楼简的人，也包括自己吧。

“当然没有关系，梦非也是关心我啊。”楼简笑了笑，非但没有觉得梦非多管闲事，反而觉得她热心又有趣。

之后三个人又重新互换了一下现在的联系方式，才离开。

在遇到过梦非与苏宸之后，当晚，楼简便做了一个梦，关于苏远和自己……

梦里的他们和平相处，都是苏娱的员工，她在低头画画，然后苏远站在她的身后，弯下腰来，等着她转脸去看他的时候，浅浅吻了一下她的唇。

她有一点脸红心跳，但却甜蜜更甚，再抬头看电脑屏幕上，竟然是张自己已经保留了很久很久，苏远的签名。

一切平静又和谐，好像这一切就是如此自然。

他们已经顺其自然地恋爱，在一起了……

迷迷糊糊地醒来之后，楼简有些唾弃自己，居然因为梦非与苏宸的几句话，又对他念念不忘。

重新振作！抛弃过去！

话虽这么说，她却还是在不经意间，会想到苏远这个人。

为什么那个人，不确定一下，自己究竟是不是真的和林展飞交往，再做决定?

他是在害怕什么？或者，是在逃避?

楼简打开电脑之后，鬼使神差地找到了那个文件夹，苏远的名字和她的名字写在一起，是当初苏远在她手绘板上胡乱签下的名字，她到现在还留着。

这么多年，她丢失过、删除过多少文档，这幅图，却依旧还在。

楼简点开这张图上的另一个图层，是自己涂鸦的两个Q版小人，分别站在他们的名字旁，而且……他们还被一颗巨大的粉红色爱心给圈住了。

虽然是当初年幼无知的时候，自己画的图。

但到了现在，她还是觉得——啊……简直是羞耻！

楼简手忙脚乱地关上文档，为什么舍不得删？答案，自然不言而喻。

她曾经想过，会不会在苏宸他们与自己偶遇之后，苏远又会突然出现。

好吧，如果这次也是他的小心机……她觉得倒也不是不可原谅。

前提是……

他赶紧出来，主动告诉自己他动了什么手脚？

不对！

楼简无奈地扶额……说好的重新振作，抛弃过去呢？

为什么还是忘不掉这个人？！

明明，已经告诉自己，要讨厌他了啊……他还是，不要再出现吧。

隔年的春天，楼简在反复的犹豫之下，终于给苏宸打去了电话，表示自己想回到苏娱上班，那边的苏宸自然是十二万分的欢迎。

回到宣传部，当初的同事们已经走了好几个人，同时又有了别的新鲜血液的加入。但苏娱的工作气氛，依旧如过去一样，严谨中又不失轻松。

楼简就这么在苏娱安定了下来。

只可惜，宣传部什么都好，就是茶水间仿佛受到了一种奇妙的诅咒——饮水机不论修过多少次，也只能维持不到一周的时间就又出了奇怪的问题。

这不，刚修好了没几天的饮水机，竟然又坏了。

楼简无奈，只能端着杯子去隔壁部门借用。

她刚走进隔壁办公室，便有人坐在办公椅上，转过脸来，看着她笑："楼大神！又来借用饮水机啊，不过我们办公室的桶装水用完了，今天的水还没送来……所以……抱歉啦？"

要不要这么背？！楼简苦了苦脸，决定再去隔壁的隔壁借用茶水间。

隔壁间的小伙伴非常大方地将整个茶水间都借给了楼简，如同久旱逢甘霖，干涸的喉咙终于得到了滋润，外面却传来了别人低声说话的声音。

"副总……我……喜欢你。"

一个小女生怯怯的声音响起。

楼简被逼退回茶水间，不是吧……

她到底是什么体质啊，居然又遇到了这样的事情？

楼简简直是哭笑不得，却也不知道是退是进，这一次，她想选择的不是袖手旁观，而是不管旁人的隐私。

直到另一个声音响起，楼简才不由得一震，整个人愣住。

"抱歉。"

虽然只有两个字，但楼简已经很清晰地判断出了这个声音的主人。

隔了这么久，居然还是能轻松听出那个人的声音。

你真是没救了啊！楼简在心里暗暗这样骂自己！

没错……那个女孩子告白的对象，副总竟然就是——

苏远！

他什么时候回来了？

楼简按住自己怦怦乱跳的心脏，想着自己和这个家伙到底是什么仇什么怨？怎么每次他被人告白，自己都能撞上啊！

“对不起，我已经有女朋友了。”苏远淡淡地回答。

楼简心里咯噔一下……刚刚莫名期待。

楼简没办法控制住自己的胡思乱想与失望，却还是要强装镇定。

冷静！楼简！把他当成一个陌生人，越是……越是这么在意，不是越显得自己没有将他忘了。

楼简的打算是等到外面两个人走开，再从茶水间出来。

于是，她一直等待到外面完全没有了动静，没有了声音之后，才光明正大地开门，本以为外面已经没有人了吧，却一不小心撞到了一个人的怀里。

楼简正摸着额头，想要抬起头来，看一看这个硬邦邦撞到自己的人到底是谁……却听到那个熟悉的声音，从她的头顶上方响起。

“又偷听我？怎么这么多年过去，这种坏习惯，还是没有改变啊。”

那个人的声音，还是带着过去那种痞痞的感觉，像是逗弄猫儿的感觉。

“你以为我想听吗？谁……谁管你……你什么时候回来的？”楼简红了脸，慌忙想从他的怀里挣脱出来，但苏远却用力将她扣住，不让她再继续挣扎。

"两个月前回来的，处理了一些事务，一个月前进的公司……来办一件重要的事情。"苏远认真地解释。

一个月前他就回来了！

楼简的怀里，突然像是揣了一只小兔子，在胸腔中不停地跳动着，果然还是没有办法直视这个人。

"我怎么不知道？！"楼简一双圆圆的眼睛瞪大了。

看着楼简可爱的样子，苏远忍不住笑了起来。苏远的笑最好看，但可能因为当老师的缘故，他总喜欢板着脸让自己显得威严一样。

但在楼简的面前，苏远却一直给她这样温柔的笑容。

苏远有些无奈："你每天只知道埋头画画，还能知道什么？我也期待着你有一天发现我回国了会有什么样的反应……谁知道居然等了一个月，才等到你。"

"我回去工作了。"楼简按捺住心中的异样，想要赶快摆脱他。

"楼简，你有男朋友了吗？"苏远忽然开口问她。

"有没有……难道你不是已经知道了吗？而且……你问我这个做什么？你不是已经有女朋友了？是你在国外认识的，金发碧眼的洋妞吧！"楼简还是忍不住，不由自主地就说了这么多，明明……直接转身离开就够了啊！

"对！你有没有……我最知道，男朋友，你有！女朋友，我也有！我的女朋友不是什么金发碧眼的洋妞儿，而是个纯真干净，但是喜欢钻牛角尖的中国人。"苏远的目光停留在楼简的身上，满含深情，楼简却不敢再抬头去对上，只怕一眼，自己就会陷落其中。

终于楼简对上苏远的目光，不由得一愣，心中一阵慌乱。

“以后再有人问你，楼简，你有男朋友了吗？记住告诉他们……你有，有且只有一个，他叫作苏远。”

等等……这，节奏不太对啊……

“所以，你刚刚说的女朋友是？”是自己吗？！楼简从来没见过如此厚颜无耻之人！

“如果没记错，我们两个从你在学校，对我表白那时候开始交往，但却没有正式说过分手，所以，你还是我的女朋友，对不对？我们只是异地了几年而已。”苏远一副理所当然的样子。

“那时候怎么能算！”楼简急切地反驳。

可楼简现在越是表现出奓毛、激动的样子，却也间接地证明了，她是真的在乎。

还好，楼简还是和以前一样，苏远感觉松了口气，如果小丫头对他表现得彬彬有礼，淡定寒暄，他才真的会慌张。

现在，她还能和他这么奓毛……说明她的心里，还是有他的吧。

“怎么不能算？不管能不能算，楼简，我们重新开始吧？”苏远微笑了起来，一双好看的桃花眼，令人无法招架。

“当朋友吗？”

楼简轻轻哼了一声，态度却有些细微的变化。

苏远看着楼简的脸，知道她的这句话是故意说给他听的。

“从恋人开始。”苏远低下头，吻住楼简的唇。

唇齿间微微松开，楼简听到苏远的声音再次响起：

“我喜欢你。”

楼简微微愣住，没有再做出反抗的动作，这是她一直在等待的告白，如今终于到来。